百部红色经典

战之歌

丽尼 著

北京联合出版公司
Beijing United Publishing Co.,Ltd.

图书在版编目（CIP）数据

战之歌 / 丽尼著. -- 北京 : 北京联合出版公司，
2021.7（2025.12重印）
（百部红色经典）
ISBN 978-7-5596-5104-4

Ⅰ.①战… Ⅱ.①丽… Ⅲ.①散文集—中国—当代
Ⅳ.①I267

中国版本图书馆CIP数据核字(2021)第030924号

战之歌

作　　者：丽　尼
出 品 人：赵红仕
责任编辑：徐　樟
封面设计：王　鑫

北京联合出版公司出版
（北京市西城区德外大街83号楼9层 100088）
北京新华先锋出版科技有限公司发行
三河市兴博印务有限公司印刷　新华书店经销
字数237千字　787毫米×1092毫米　1/16　14印张
2021年7月第1版　2025年12月第4次印刷
ISBN 978-7-5596-5104-4
定价：49.00元

出版前言

为庆祝中国共产党成立100周年，全面展现中国共产党成立以来中华民族辉煌的发展历程、取得的伟大成就和宝贵经验，集中体现中华民族的文化创造力和生命力，北京联合出版公司策划了"百部红色经典"系列丛书，希望以文学的形式唱响礼赞新中国、奋斗新时代的昂扬旋律。

本套丛书收录了近一百年来，描绘我国人民在中国共产党的领导下艰苦奋斗、开拓创新、改革开放的壮美画卷，充分展现我国社会全方位变革、反映社会现实和人民主体地位、弘扬社会主义核心价值观、讴歌中华民族伟大复兴中国梦的100部文学经典力作。

本套丛书汇集了知侠、梁晓声、老舍、李心田、李广田、王愿坚、马烽、赵树理、孙犁、冯志、杨朔、刘白羽、浩然、李劼人、高云览、邱勋、靳以、韩少功、周梅森、石钟山等近百位具有代表性的中国现当代著名作家。入选作品中，有国民革命时期探索革命道路的《革命的信仰》《中国向何处去》，有描写抗日战争的《铁道游击队》《敌后武工队》《风云初记》《苦菜花》，有描绘解放战争历史画卷的《红嫂》《走向胜利》《新儿女英雄续传》，有展现新中国建设历程的《三里湾》《沸腾的群山》《激情燃烧的岁月》，有寻找和重建民族文化自信的《四面八方》，也有改革开放后反映中国社会现状、探索中国道路的《中国制造》，同时还收录了展现革命英雄人物光辉事迹的《刘胡兰传》《焦裕禄》《雷锋日记》等。

本套丛书讲述了丰富多样的中国故事，塑造了一大批深入人心的中国形象，奏响了昂扬奋进的中国旋律。这些经历了时间检验的文学作品，在艺术表现形式、文学叙述方式和创作技巧等方面都具有开拓性和创造性，作品的质量、品位、风格、内涵等方面都具有很高的水准，都是有筋骨、有道德、有温度的优秀作品，很多作家的作品都曾荣获"五个一工程奖""茅盾文学奖""鲁迅文学奖""国家图书奖"等奖项。

为将该套丛书打造成为集思想性、艺术性、时代性为一体，展现新时代文学艺术发展新风貌的精品图书，北京联合出版公司成立了由出版界、文学艺术界的资深专家和学者组成的编辑委员会。他们从文学作品的历史价值、文学价值、学术价值、现实意义等维度对作品进行了深入细致的研读和筛选，吸收并借鉴了广大读者的意见与建议，对入选作品进行深入细致的分析与综合评定，努力将"百部红色经典"系列丛书打造成为政治性、思想性和艺术性和谐统一的优秀读物，向伟大的中国共产党成立100周年这一光荣的日子献礼！

目　录

黄昏之献[1]

断裂的心弦，也许弹不出好的曲调来吧？

正如在那一天底夜晚，你底手在比牙琴上战栗着，你那时不只是感觉了不安，而且感觉了恐怖。那月亮照临的山道，流泉底哀诉的声音，这些，也正象征出你心中的烦乱了。

说是你应该在梦中归来就我，然而，这崎岖的山路，就是你底梦魂也将不堪其艰难的跋涉呀！

啊，我是如何地思念你哟！

而且，更想不到这就是永远的别离。

梦，是多么地空虚。在你梦魂归来的时候，我不曾一次握过你底手，也没有一次看清过你底面容。

啊，你是在黑暗之中了。

啊，在黄昏里，你是离开了我，而回到你妈妈，你爸爸那里去了。

啊，只要我知道如今你是在甚么地方躺卧着的啊！

没有不醒的梦，除了永久的长睡以外；然而，在长睡之中连梦也会被忘却的呀！第一次梦见你在高原，第二次在海滨。

然而，等到梦醒的时候，坟墓就覆盖着你了。

我不要求你来给我解释命运之神秘，生命之无常，我不要求你来告诉我黑暗之国底消息，我不要求你来含泪讲述着你自己底故事。

但是，你啊，我愿你安息！

当灯油快完的时候，生命底呼吸也就短促起来了。在夜晚底世界里面，人们都是沉睡着。

---

[1] 本书收录的作品均为丽尼的代表作。其作品在字词使用和语言表达等方面均具有鲜明的时代特色。此次出版，根据作者早期版本进行编校，文字尽量保留原貌，编者基本不做更动。

天上的星斗啊，你们是在唱着挽歌么？

月亮呀，你也现出了如何仓惶的神态哟！

我看着花开，又看着花谢，我看着月圆，又看着月缺；你哟，我看着你向人间走来，又看着你离开人间而去，我看着你在梦里欢跃，又看着你受到了梦底欺凌哟！

夜之安琪儿呀，请为我歌一曲《流浪者之夜歌》罢。

一九三〇年四月

选自文化生活出版社 1939 年第五版《黄昏之献》

春夜之献

假若说那是一个梦，那么，我们是生活过了一个悲惨的梦呢。

从那土匪出没的山城里我们逃了出来，那是希望着从死逃到生，然而，谁知道仍然是从死逃到死。海风并没有将你底健康吹回，反之，我们只每天夜晚，当夜深人静的时候，听着那海浪底呜咽和咒诅。

海呀，它是在唱着葬埋曲！

有时候，月亮从云端冒了出来，清淡的光辉罩着那病院近边的坟场。我想着只在不久以后你就会在坟墓之间，衣着白色的梦一般的衣裳，在那里徘徊着了。你会唱着：

> 啊，我望不见我底南方，
>
> 我底灵魂呀，迷失了归途。

啊，像这样的悲剧是曾在我底心头演过多少次了啊！

风暴在海边过来过往，我战栗着，你底面色也灰白起来。命运之神是驾着飞轮之车在向着我们追赶，风之姊喊叫着的是死亡底恐怖。

然而，你哟，那时你是在梦中，就是我也在梦中。

梦一般的生活，露水的世呀！

互相拥抱得紧紧的，怕的是梦会在无意之中消逝了，但是我底心终竟不曾温暖你底心。临死以前的恋慕与依依不能分离的情感，或许就正是魔鬼底恶作剧吧？

我底胸膛是一个软弱的胸膛，不能驱除人间的杀害，也不能驱除死神底威严。

啊，那时，你底头真是烧得火一般地热呀。

呜，如今是春雨之夜；

你底新坟呀，是在南方，南方，远远的南方！

一九三〇年四月

选自文化生活出版社 1939 年第五版《黄昏之献》

秋 祭

果实和黄叶，一齐都从树上落下来了，老妇人独自在庭前，寂寞地扫着。

啊，我是什么时候又回到了这个荒凉的古寺的呢？

想起来，行迹是飘忽不定的，也正如我们以前一样啊。

我昨夜不曾睡，月亮照得太明了。而且，树叶响着，就好像海浪底呜咽呀！

告诉你罢，如今我不觉得孤寂，也没有悲哀了。

只是你真不知道这样的生活于我是多么地更为难堪啊！

草已经变得枯黄了，螳螂们已经不知如何去寻找一个安身之处呢。

虽然，也许在坟墓之中是更为安宁，但是，你并不曾给我以你底信息呀！

惟有无欢地等待着，无欢地等待着么？

一九三〇年九月

选自文化生活出版社 1939 年第五版《黄昏之献》

悲风曲

风啊，吹着罢，吹着我妹妹底坟墓。

啊，风是吹着了在我妹妹底坟上啊！

她如今死去了，风呀，她再不能随着你而歌唱；她底伤心，如今已经沉寂在黑暗的土地上了啊！

你呀，旋舞着而来的，你是去报告她以残暴的消息的么？你呀，吼啸着而来的，你是去报告她以屠杀的消息的么？

啊，如今，荒原上已经没有人影了呀，只有她底羊儿是在鸣风之中哭泣着的啊！

啊，如今，荒原上已经是昏暗起来了呀，只有她底孤坟是独立着的啊！

草儿摇动了，感觉死亡将要到了呀！

风啊吹着罢，我妹妹如今已经不能哭泣。

一九三〇年九月

选自文化生活出版社 1939 年第五版《黄昏之献》

海夜无题曲

啊，这山道呀，老是保持着这样的静寂。

想起来，是那一晚，海上风狂浪大的时候，你立在那峻峭的山崖上头，高声地呼喊着你姐姐底名字，那时候，你底声音该是如何地凄厉，使我疑心你真是疯狂了呀。你要跳下那山崖，我是不能拖得住你的，然而，那海水却是够多么冷的啊！把一颗火热的心，向着那无情的、狂暴的海波去倾吐，你啊，你，你该是蕴藏了多少不可以向人间诉说的心情啊！

如今，你该是永远地平静了么？我，每一次当我重经着这回到我们底卑微之居的山道时，心头也就不能平静了。

不能忍耐的压抑是和着疯狂一起来的。如今，我一人在这山上喊着"我底妹妹"！

真好像是一个噩梦呀，满有疯狂和恐怖。夜半醒来，这才知道梦已经过去，你已经不在这世界上了。山道老是保持着这样的静默，然而，却是潜伏着了多少你底哭泣声底喧嚷啊！

风把你底头发吹得飞散，凌乱地披在你底肩上，你眼中发红，正如你姐姐投海的时候一样。风啊，噫，风啊，吹罢！让海浪掩盖了你们姐妹俩底尸首啊！

夜半醒来，一个人独行在这荒寂的山道，这才知道我是永远地失去你了。

啊，在悲剧之中我们互相演着配角，互相做着主角的时候啊！你唱得真好，你姐姐唱得也好，如今是我来唱着这结束的一场，这最后的一场了呀。

"风啊，吹，把我底胸口吹得爆裂了罢！"

你姐姐抱着她底难产的婴儿从暴怒的海涛上面现出了半个身子，发出了震动的歌声，是唱着她底良人底受难。这也许是一个尾声么？

你底尸首横在你姐姐底身旁。你啊，你却永远地沉默，永远地沉默了。

一九三〇年五月

选自文化生活出版社 1939 年第五版《黄昏之献》

无言之曲

自从你来，这里就空虚起来了。

你啊！你真是个不祥之物么？

阴暗与惶惑，不安的心情之表露啊！遗留着的是一件白色的死衣。如今，围绕在你底颈项上面的是不可以挽回的劫运。你呀，可怜的人，你将如何逃避啊！

我有说不出的语言，这些，我只能藏在我底心之深处。从你底无辜的行动，我能够找得出什么安慰或责难呢？停止了罢，你底如闪电般的飞翔啊：如今，正是夜暗呢。

只有你能了解我；但是，你能么？永远地沉默着，直等到黄昏日落，这却是如何的轻蔑之表示呢？我心沉坠到无底的深渊，我没有言语了。

你单弱得如同小草，但是眼泪却永不曾沾染过你底脸面。从东到西，从南到北，随处都是有着风波的啊！但是，我并不曾说过你是一个怯弱的人。

让你随着我如萍之漂浮罢……

虽然我如今已经不胜其重累了。

一九三〇年九月

选自文化生活出版社 1939 年第五版《黄昏之献》

失去了的南方

海波送了你去，你就再没有回来呀。我不曾送你，致使你底眼睛红肿，而且脸面也更苍白了起来。然而，如今，你也学会了如何发笑么？

但是，告诉你，当海风吹来的时候，我曾呼唤过你底名字。

你有强烈的要求，追寻着不死的纪念；只是，当梦醒了过来，你无疑地和我一样地觉得空虚。

南方的太阳温暖了你底心吧？海底波浪洗净了你底泪吧？还有，那不凋的青绿使你知道了青春底消息吧？

啊，请问，榕树底枝叶如今还是一样地响着的么？

你不知道，当海风吹来，那古老的树枝震动着，从树梢发出呜咽似的涛声的时候，我是曾经如何地感动过的啊。

你有什么郑重的语言要来向我传说呢？在昨夜底梦中你曾向我走来，作了些个模糊的怨语。

不可以了解的精灵，就是你呀！

在噩梦之中寻找着，我和你都作过了主要的角色。记得么？你曾用过你底眼睛和嘴唇，我曾用过我底足和手。

自从有了生命以来，你不曾好好地演过喜剧；我也不曾。命运之捉弄么？也许是真的原由，然而，如今，你应当欢乐了。

但是，不要哭泣——让我用这纯白的衣角为你拭去那流到你底脸面上头的眼泪罢。

等到心冰冷？等到泪流尽？等到青春消亡？等到我们底颈项围绕着羊毛般的白发？

然而，无须哭泣——我将用纯白的衣角为你拭去那流到你底脸面上头的眼泪。

一九三一年三月
选自文化生活出版社 1939 年第五版《黄昏之献》

月季花之献

沉默而多情——虽然是在那样幼小的时候，我们就似乎已经看清了生命所为我们铺置的道路。从小，在我们底眼睛中就停驻着深沉而长久的凝视。我们爱惜着一滴露水，也爱惜着一朵鲜花。但是，当露水消逝、鲜花萎落的时候，我们又曾作出如何深长的叹息啊。

还记得我们一同诵念着"月季花，朵朵红"的时候么？你以异邦的声音学习着我们底语言，惹得我发笑。在四月底朝晨，月季花是盛开了。我们爱徘徊在那光荣的花丛，而互相献上彼此底呈献。我给你诵念着：

"April, April,
Laugh thy girlish laughter…"

你曾有微的笑，而给了我以你手中的花朵。

这些儿时底记忆，如今是现得如何地遥远！然而，假使我们能把生命看得短促一点，像在你身上所实现的那短短的生，那么，这一切也岂不正是如同昨日？只是，如今你已经是无能记忆，而这过往的一切在我底身上也渐渐地不能令我记得清楚，只如同生命之中的朦胧的烟雾了。

你笃信着宗教，直到你底最后的时刻。应当你是得到你底安息了。我如同一个被放逐的囚徒，奔波着在这人之海，背负着生命底重累与疲乏——啊，露与花，我已经停止了爱惜，只有你底记忆在我中夜未寝的时候，是使我伤心的呀！

在这三年来你底灵魂不曾来入于我底梦境，有时，我想着你底垂飘的黄发，想着你底沉静得如同湖水一般的蓝色的眼，但是，这奔波与负累已经从我底感觉之中驱走了你底显现，而只遗留给我一个模糊的背影。

在这四月底朝晨，月季花又开得灿烂了。在阳光还没有照临之前，我低着头从花丛经过。春天快走到它底尽头呢。我凝视着那新开的深红的一朵，从我底眼中流下一滴辛酸的泪。你出现在花丛之中，穿着纯白色的寝衣，正如这时间已经迅速地变成了初夏，而你，由沉默的童年，已经越过了那多忧愁的少女时代，不曾经过坟墓底覆盖与死亡底恐怖，而携着夏日底繁茂，长在了我们底崎岖的路上。我轻轻地摘下了一朵新发的月季，正和在我们底童年一样，无言地呈献了，然而，这一次，却是向着空虚。虽然这是三年以来第一次地你在我底幻觉与忆念中清楚地显现了你自己，虽然我可以明白地看见了你底发，你底眼，你底仍然是现得软弱的姿态，但是，我又何从而将你捉捕呢？一瞬眼就消逝了的你底幻影，是较之你底生命还更为短促的啊。即使你底幻影可以让我拥在我底怀抱，但当太阳升起，带来了熙攘与忧烦，如同大的流将我冲走的时候，啊，到那时你是不能在我底面前存留的呀！

我缓缓地离开了花丛，携着这仍然凝着我自己底泪珠的花朵。在坟墓之中你会把一切都忘记了，但是，在我底生活之中，你却何须给我带来这过于深入的怆痛呢？花将如秋叶一样地凋落，而泪也会如夏雨一样地干掉的呀。然而，假如你底眼睛是能看见的，你会知道我是怎样地想要抓住你底记忆呢！

月季花是你所爱的，我珍重着我所采摘的每一朵。我将它们供置在我底案头，我将它们藏在你所曾经爱读的书籍，我将它们遗给我所心爱的友伴，然而，当那难以想象的短促的时间一经过去，鲜丽的颜色、香与娇媚，都已成为过去的时候，我底珍重又能算得甚么呢？

> "We have short time to stay，as you，
> We have as short a spring..."

那么，我只能抬头向着天上，以等待你底临降了。

一九三二年四月

选自文化生活出版社 1939 年第五版《黄昏之献》

失 去

失去了宗教，这于我该是如何大的一个苦难呢？

清晨，当我迟疑着在床上的时候，我听见了那教堂里的钟声，是那样悠扬，一声一声地敲着，让那音波一直如同针刺，落在我底心头，几乎是要使我落泪。

我想起我们少时，当我们底妈妈带着我们跪落在圣母玛利亚底神像面前的时候，我们曾发出了如何的宗教的激情与神游的狂喜。那时，一个圣母，头上有着灿烂的光辉，脸上堆满了慈爱与摸抚，是如何地使我们稚小的心完全宁静了，如同已经沉醉。

有时候，我们在花丛里面看见了一朵蔷薇，上面仍然凝着朝晨的露珠，似乎是对着我们微微笑了。我们会完全满足，认为这已经没有缺憾，没有瑕疵。我们会低下了头，用我们底天真的嘴唇，给它一个亲吻，并且，那该是多么地虔诚，多么地没有邪思的啊。

在那时候，我们真是年少，真是太年少了。当那黄金时代底梦，天真而无邪思的幻想一齐都在我们底心头被摧毁了以后，我们便是永远地沉沦了，对于这些已经不复能够再有，并且，连一个记忆对于我们也都变成了稀有的事。

我们到处寻求，悲哀地，失望地，希求着一个完全，正如在我们少时曾给我们以沉醉和满足的那圣母或者那蔷薇一样的；然而，我们会多么地疲乏啊，只让我们底心上再出生一些荆棘，使我们连做梦的时候也负着我们底怅惘。

我独自走上山头，远瞩着湖波。那里全是迷蒙，我不能从那里认出什么来。在我底心上只有一个大的空白，我没有方法给它一个填补。我只有一个深长的叹息，匿藏在我底心底，然而，我又怎能说出我是叹息着什么呢？

在大雪底夜里，我曾独自爬行，经过那深山之谷。我几次陷落着，感觉到了沉沦，并且地狱就正在我底脚下，只要我再有半个不支持，我就永远不能从这地狱之中超升了。天堂于我是很遥远，很遥远，正在那山之巅顶，我不能抬头对它作出仰视。

我能有泪流溢，表示出一个小孩子底不满足与失败么？我惟有拼命支持，作着生命之挣扎。然而，这挣扎又是如何地空虚呢？一切，仅仅是为了一个延续，仅仅是为了一个无有完全的，一个缺憾的生命，而且，自己也意识着这一切已经是命定地如此了。

宗教的激情与神游的狂喜，如同真正得见了荣光的满足的微笑，是跑到什么地方去了呢？我是不能追求，而且也无有勇气去追求这个问题底回答了。我只是如同倦旅的人背负着自己底重荷，在黑夜之中独自踯躅于一个荒凉的旷野，无心去细察前面的道路，或者在天空发现一颗星星。

一个年少，一个黄金时代之梦，一经过去，就再也没有回返的时候了。那时，你是多么地了解爱与愁，多么地在你底声音与笑貌之中传达了宇宙底生命与秘密。你轻轻地携着我底手一同穿过花丛，我们同样地轻移着脚步，似乎是害怕着一个不适当的声响会给那些夏日的昆虫以无端的扰乱。

你指着一朵新发的红蔷薇，张大了欣悦的眼睛，从小的嘴上露出微笑来了。你说，"我妈妈吩咐，不让我们采摘这一朵"。虽然是不能采摘，但是，对着那红的花朵，我们又何曾表示出半点遗憾呢？

教堂里的钟声响了，是为了圣耶稣底受难，我们随即跪落了下来，就在那新发的蔷薇花前。我们互相作了拥抱，画了十字。有眼泪从你底眼角流了出来，你底幻想是那样深。

"人之子受难了。他们把他钉在十字架上，给了他以酸苦之杯。"你说着，我也流泪了。我们同样地感觉到了痛苦，从稚小的灵魂发出了战栗。圣耶稣带了他底荣光，出现在我们面前的蔷薇花前了。

但是，在这生之旅途，我们是怎样地被放逐了呢？从我们少年时代底黄金之梦，那无邪与天真？我们渐渐地被消熔了，如同渺小的石块被投掷在巨大的熔炉之中。我们年少的心，我们宗教的情热，都被熔化了，只留下了一些渣滓被我们拖带着，到处地游走，如同一个冷漠的、无动的灵魂之幻影。

我们被压抑着，感觉到了难耐的沉重，因之而发出绝叫，完全忘却了我们少时与那宗教的心。我们日益沉坠着，远离了我们底荣光之故乡，无论在什么地方，永远是闯遇着烦恼与忧郁，愤怒与疯狂了。我们底心如何迷途于黑暗，虽然奋力摸索，但是永远也不能从我们底苦难之中逃脱。

你底头发变得散乱，我底形容已经枯槁，这时，倘若我们相遇，我们是一定不忍作出回忆，以增长我们不能言说的心之苦恼的了。

我仍然想着我能拖带着我自己回到我底祖国，虽然经过一些险恶的波涛，但是我底祖国底边岸是一定不能忍心给我以残酷的遗弃的。但是，当我走上了岸边，我所看见的已经不是从前的一切，那么，我会得到更深的沉沦，而且永远也将不能自拔于悲哀的泥土啊。

清晨，当我迟疑着在床上的时候，我听见了那教堂里的钟声，是那样悠扬，一声一声地敲着，让那音波一直如同针刺，落在我底心头，几乎是要使我落泪。

唉，失去了宗教，这于我该是如何大的一个苦难呢？

一九三二年四月
选自文化生活出版社 1939 年第五版《黄昏之献》

拉丽山达

那时候，我们底骆驼号叫着，你怀着热情奔来就我，啊，你还记得么？我从我父亲底匣子里偷出了香料和珍珠，曾以之持赠你呀！

你那时是表现了娇羞与惊异，从你底脸上浮起了如婴儿般的红霞。

你说："我父亲讨厌你父亲哟，并且他会讨厌一个队商底儿子呢。"

啊，你还记得么？我牵了你的手，你不曾拒绝。啊，拉丽山达，那时我们就相爱了呀。

夜晚，我们在你父亲底帐幕旁边支起了帐篷，夜是有一些寒冷，你潜藏在你妈妈底身旁，对着那羊脂灯作着痴望，沉在回忆里了。

你还记得么？你轻声地歌唱着，不曾作出舞蹈。你爸爸在牧场上还没有回来。

你唱着，"啊，西尔斯达呀，原上的鲜花，为了你，我底肢体已经疲倦于舞蹈呀！"

啊，你还记得么？当我吹了笛和着你底歌声，你有忧郁的微笑。啊，拉丽山达，那时我们就相爱了呀。

你父亲吆喝着羊群，从原上归来了。他粗暴得好像生了气，对着我们和我们底骆驼作出谩骂了。他说，"无赖的队商们是来引诱我们底女儿的。"

你不曾辩解，因为你是忧愁着了。"爸爸是有了多么猜疑的心肠啊！"

你舞蹈了，偕着你底爸爸。你妈妈因为有了过分的疲劳，已经沉睡在羊脂灯前了。

啊，你还记得么？许多的泪珠湿透了你底衣裳。啊，拉丽山达，你是有了一个思念了呀。

月亮照着草原，我在我父亲底帐篷外面徘徊着。啊，拉丽山达，我不曾歌唱，我底心是沉坠着。沙漠是在草原底旁边，当月亮沉落，我们要越过它呀。

你不曾睡眠，你父亲却醉饮得沉迷了。你在羊脂灯前弹着琵琶，没有来怅望这月色。

我呼唤着拉丽山达，你却没有给与答应，因为，在你底喉头有了哽塞，你是凄凉着呀。

啊，你还记得么？许多的泪珠湿透了你底琵琶。啊，拉丽山达，你是有了一个思念了呀。

我走进了我父亲底帐幕，跪在我父亲底阿利神像面前。你父亲会讨厌队商底儿子，我父亲也会讨厌一个游牧的姑娘的呀。

在天明以前，骆驼会号叫了，那时我父亲会起来，带着我离开这草原而越过沙漠的。

你悄悄地走出了你父亲底帐幕，来到那月色照明的草原之上。你呼唤了西尔斯达底名字。

啊，你还记得么？在月光之下你底眼睛是如何地明媚，使我完全迷惘了呀。

我说，"在天明以前我们会离开了呀。我父亲是想着地中海岸的城市，不想再回到这草原与沙漠了。他会带着我同行呀，呵，拉丽山达。"

你说，"不要同去吧，西尔斯达。我没有哥哥，没有人能够阻止我呀，啊，西尔斯达呀！"

你斜依在我底怀里，我为你解下了我底斗篷，遮蔽了你单弱的身体。

啊，你还记得么？在月光之下你底头发是如何地绕在我底胸际，使我完全迷惘了呀。

在天明以前我为你驱了五十头羊从你父亲底产业，你在你底肩头负了我父亲底最细的布匹。啊，拉丽山达，我们是从家庭底神之前逃跑了呀！

你说，"西尔斯达，你是一个生来的游牧人，你更强壮，比起我自己底父亲。"

我说，"拉丽山达，到明天，你要为我们缝织一个帐幕，作为我们底新家！"

啊，你还记得么？你底劳苦的缝织，曾使我怎样地为你而感觉伤心了呀。

我和你底漂流已经是五载。啊，我底拉丽山达，你为我弹奏了琵琶，你为我采摘了鲜花，但是，如今你是这样疲劳，夜露是这样使你寒冷呀。

听见了羊儿底鸣叫，你流泪了，啊，我底拉丽山达，你是想起了你底父亲来了呀。

你底头发了热，你底呼吸急促了，啊，我底拉丽山达，你是已经病了呀。

如今，你底脸变得这样的苍白，啊，我底拉丽山达，你已经这样地憔悴，你是为了这五年底漂流使你不能再留下一点欢愉，以消遣我们底寒夜呀。

风在原上吹着，今夜是这样寒冷呀，啊，我底拉丽山达，你有了抖擞了，你是畏怯着了呀。

你底肢体是这样软弱了，你已疲乏，啊，我底拉丽山达，你是不能再前进了呀。

啊，我底拉丽山达，你需要一点乳酪么？

啊，我底拉丽山达，你需要把火移到你底面前？

啊，我底拉丽山达，你需要再为你加上一件轻的羊皮衣？

啊，我底拉丽山达，你要我为你弹奏琵琶？

啊，我底拉丽山达，你要我为你轻声唱出一曲情歌？

啊，我底拉丽山达，你要我为你作出沉醉时候的舞蹈？

啊，我底拉丽山达，你已经完全倦怠，垂下了眼睑。

啊，我底拉丽山达，你已经完全沉默，不愿意再开你底口。

啊，我底拉丽山达，你已经完全冰冷，只如同这原草上面的寒夜。

啊，我底拉丽山达，风是吹着了，在这原上，今后，你不再知道我心底悲伤了。

啊，我底拉丽山达，你已经死去，你将不再看见我仍然游牧在这原上了。

啊，我底拉丽山达，你需要在甚么地方埋葬？

啊，我底拉丽山达，在这原上你底心会凄凉了。

啊，我将不再在这原上生起火焰呀。我宁愿有豺狼来，夺取我们底羊群。啊，我底拉丽山达，我宁愿我自己也被豺狼啮吞。啊，我不会再歌唱呀，我底拉丽山达，我不会再歌唱在这原上了啊！

一九三三年四月

选自文化生活出版社 1939 年第五版《黄昏之献》

漂流的心

夜是有一些儿寒冷。

不是除夕么？

在我们的火炉上头，还存留了一星儿小小的火焰；一枝梅花横卧在案上，现出了残年的疲倦与哀情。

没有春天呢，我底心。

我有一些沉思和回忆。

啊，这连年底漂流。

季节与年岁之转换么？只给了我一些怅惘，而且这过去又犹如一个黑坑，掩盖了青春的心情。

唉，这如梦的生命！

唉，行踪如浮萍！

唉，我感觉了一些寒冷！

命运，你将把我带到什么地方？

无论哪里，都没有我底家。

我曾被人揶揄说，啊，你可怜，你是无家的人；然而，自己更是茫然于生命为我画上的曲线。

如今，寒夜是这般凄清。

走吧，一个飘行！

走吧，一个飘零！

我给你说，我有一些儿胆怯，有一些儿恐惧，我宁愿倒睡在此，等待着命运之引牵。

唉，你底面影！

唉，我底恋情！
唉，漂流的心！

到明年会有一个春天，你说。
我说，到明年我已经前行。

想吧，从这里，我底眼睛远望着前程，越过了大海、山巅和黑暗的森林，在寒冷的夜深。你岂不知道我是一个疲倦的漂流的人？无论是今年、明年，寒冷或者春天，都不能变改我底心情。

啊，你天际的星星，当黎明与曙光到来，你会无踪无影。
明年，他们会有欢乐，为了这未来的春天。

一九三二年一月

选自文化生活出版社 1939 年第五版《黄昏之献》

傍　晚

　　傍晚的时候我们生起火来，因为两个人都感觉到了难耐的寒冷。我们无言地整理着火种与柴炭，听着纸窗外面雨声底淅沥。

　　在我底心里没有一点火焰，看着那木柴渐渐地发红，我怅然了。一些沉默的回忆锁住我，使我稍稍地感觉到了沉重。火慢慢地燃烧了起来，给了我一丝儿温暖的气息。

　　孩子垂下了他底头，俯依在我底膝上。在他底心里有了一些寂寞：一个爱人，一个姐姐，一个妈妈，在那孤寂的心里填塞了空虚的空白。他怅惘着，想要哭泣。

　　我给他诵念了《流浪者之夜歌》，但雨声是淅沥着，而且有风在纸窗外面呼唤，如同一个深长的叹息。我没有眼泪，也不能发出一个微笑，我只倦怠地掩了书卷，对着那炉火作出我底深思。

　　炉火将近熄灭了，在我底心里引起了一个惆怅的回忆。

　　"你是有了一个忆念？"

　　我没有给与回答，只用手摸抚了他底头。

　　"你底忆念是那样深。"

　　我叹息了，如同在心上释去了一个重负。

　　"我们是没有法子使这炉火燃烧的。"我说。

　　"因为缺少了那燃烧炉火的人。"孩子底回答是这样地正确，因为我是缺少着。

　　"她会忆念到你。"

　　"然而我们没有法子使这炉火燃烧。"

　　我有了一个抖擞，但孩子给与了我以他底手。暗夜是在雨中巡游着，风声作了它底呼吸。我没有说话，因为我感觉到了寒冷。

　　心向着黑暗沉落了，缓缓地，使我感觉了重累。我如同是在怅望着一个黑暗的郊野。在那里，远远的天际里，一颗隐约的星星发出了一个轻微的叹息。我说了，"啊，愿你是安宁的。"

孩子俯依着头在我底膝上，呜呜地哭了，他感觉到了一些寂寞。我拥抱着他在我底怀里。

炉火已经熄灭尽了。

"已经熄灭尽了。"孩子说着。

"是的，我们是没有法子使这炉火燃烧的。"

一九三二年一月

选自文化生活出版社 1939 年第五版《黄昏之献》

沉　默

我爱着这沉默的相对与无言的深思。

当我们同在那斗室，我没有言语。我没有说话底要求，只微微地感到我是在一个梦寐之中，然而这却没有一个梦所能有的那样的真切。她底影子是朦胧的，在我底面前晃过，那如同一个幻影。我几乎是有一些惭愧，为什么我是落在这样的境界里面了。

她问我为什么没有言语。我应当怎样地回答呢？我说我没有那个要求，或者说我是有了一些疲倦，因为我是经过了许多的旅程？然而这样的回答是多么地不适宜于这个场合呢？我想我应当继续沉默。我没有给与回答，只凝望了她一眼，用我底深思的眼睛。

"这是甚么意思？我不能不说你是使我如同落在梦里了。为什么要挽着我在你底梦里呢？唉，我不能不告诉你，我是不适宜于那个的。一个沉默就是一个窒息，一个梦就是一个欺骗，不明白么？唉，我是不能忍受这个的呀。"那声音充满着严厉，使我惭愧。然而，我岂不应当继续我底沉默？

我有了一些深思，我想着这个遇合是怎样地临到了我们，并且它所要带来的是什么。在我，一个被海波逐送着的人，这一切会要代表一些什么意思？对于她么，啊，我没有想，因为她是离开我底深思太远了。她也只能枯坐着，不愿意再说一句话来打破这沉默的场面。

我抬起了我底头，我想要看清楚她底脸面。她底脸面是憔悴了，身体也现得很单弱，支持着在那矮的椅子底背上。在她底脸上也浮现了深思，这是关于她自己的。我不愿意打扰她，并且我也不敢。因为她底脸面只说着庄严。

"那么，你永远是沉默着的？永远不会在我底面前表露你自己？永远你是在你自己底深思之中？你不会再想到别的人？"

我有一些战栗，因为已经是夜暗。斗室里面充满着寒冷，似乎是有雪会降落下来了。我呼了一口气，全身感觉着使我沉坠的重量，她也转过了身体，望着窗外，雪片开始从窗外飞舞进来了。

"愿意有一个掩埋，把这一切。"

我立了起来，握住了她底手，感觉一些惭愧。

选自文化生活出版社 1939 年第五版《黄昏之献》

寻 找

"啊，弟弟，道路是这般泥泞，我们怎么能够前进？啊，这是什么城市，这市街是叫作什么名字？我是疲倦，如在梦中一样地拖拽着我底腿。你为什么要带着我来到这样的地方？"

"不要埋怨罢，哥哥，为了寻找我们底姐姐。我们会永远地失去她了。"

"啊，弟弟，你说的是什么意思？我们底姐姐？唉！在这个世界，除了我底弟弟，我再不能想到我还有其他的亲属。弟弟，只有你为我携着漂流的拐杖，牵引着我底失明的路途。除此，只有风吹着我底脸面，雨淋着我底头发，和那凶暴的海波，它们为我洗浴着身体。"

"哥哥，你忘记了，你底记忆已经不是和从前一样。"

"啊，弟弟，我是有一些衰颓，在我底脚下我感觉到了泥团，我有了忘却，因为我底记忆将使我更为苍老。"

"哥哥，你能看见一个光明么？"

"啊，弟弟，没有光明。在我失明的眼中，停栖着永远的黑暗。我害怕我底手和足也会失去它们底感觉，使我除了你以外不能再有一个扶依。到那时，倘若我失去了你，我底生命也同时得到完结。"

"握紧我底手罢。"

"啊，弟弟，我握得太紧，但是，你把我引向了什么地方？你是不是想把我带到死亡底面前？这里为什么这样寒冷？这寒冷是说着我底绝灭。"

"不要埋怨罢，哥哥，为了寻找我们底姐姐。我们离开她已经三年了。在这三年，你感觉到了孤独，我失去了依恋，我们一同走上了漂泊的道路。"

"我已经不能记忆。"

"但是你底声音有了哽泣。"

"因为我不能忍耐这心上的裂痕。"

"你是有了苦痛。"

"给与我你底手。"

"你已经紧握了我底左手，我底右手在握着你底漂泊的拐杖。"

"不要把我向着这条路上牵引，我要跌倒了。你底姐姐不会在这里。她和我们住在不同的世界，在她那里有着光明，我和你是在黑暗之中。"

一九三二年一月

选自文化生活出版社 1939 年第五版《黄昏之献》

撇 弃

我把王冠撤弃，置于泥涂，任你用你底足尖加以践踏罢。

寒夜，当我们同在帐篷底一个斜角里的时候，风吹过沙漠，使我感觉了寒冷；你曾说，"俯下身来，靠近我底胸口，让它给你一些温热。"

但是，这已是过去的事情了，我已经无有记忆。

在漂流之中我是日夜辗转，为了青春之歌用尽了我底气力。

如今我已停驻于我底青春底梢头，我底心已僵硬，不复沉醉于温情与欢乐；虽然有时我束装前行，但是我总不能移开我底脚步。

我做过一百回梦，因此而感觉了一百回空虚。

我岂不期待着一个生命底装饰如同加上一朵蔷薇在我底头上？

你说，"这样，拥抱罢，更紧一点！"——但那音响如今于我已是一个虚伪；在我底心上有了填不满的空白，你不能知道，而且你也无法把它猜透。

我如垂危的老人，在你底面前表现过分的无力了。

荣华与凋谢，春与秋——告诉你，我对此已无所可否。

只是生命底伤痕在我心留下了迹印，我虽善于忘怀，也无能逃出我过去的忧与喜；我岂不已经宣说"一切于我是一个乌有"，但我有我自己底执着。

这样，我把王冠撤弃，置于泥涂，任你用你底足尖加以践踏了。

一九三二年一月

选自文化生活出版社 1939 年第五版《黄昏之献》

星

啊，西天底明星，在黑夜里你闪着眼给我作出招呼。
你美丽而且慈爱，在你底眼里藏着我底深幻的梦。

这里是我，黑夜在四周将我围绕，我是立在这荒凉的草原。
寒夜使我战栗而欲蜷缩了身体。
我抬起头来，对你作了良久之审视。

我不知道应当怎样称呼你。
我呼唤你以我爱人底名字。
你静静地听，而有时，是微微地笑了。

你天真而无邪，如同一个纯洁的婴孩；
但你又有着多量的爱抚，如同我底母亲。

一九三二年二月

选自文化生活出版社 1939 年第五版《黄昏之献》

长　夜

那时，我织着我自己底梦，你也有你自己底沉思，我们是各自组成着各自底世界，完全是陌生而不相识的人了呢。我们往往只各人沉浸在自己底哀愁之中，虽然彼此都深深地感觉到了难耐的重负，然而也不肯互相告诉而作出安慰。

唉，我们底郁结的心什么时候始能消解呢？到了这里，我老实地给你说罢，我不能不希望一个末日底来到啊。

一个毁灭会给我们一个结束，那时，我们彼此将不存一点怨尤，这岂不更好么？为了我们底历史我是不能再有眼泪。

过去犹如梦一般地依稀，而且，我们是从来不曾有过欢乐的啊。如同在黑暗之中的一对伴侣，我们是这样偕行着的呀。

我搀扶着你，越过了森林与大海。你曾说"多么疲倦的途程"，我无语，因为我也有着自己底苦痛，你岂不曾看见有眼泪挂在我底眼角，而我也是几乎要昏倒于我底道路么？我忍住了叹息，这是因为有了你在我底身旁。岂不知道，一个叹息会在你底心里种下不幸的种子而给我以永远也不能解脱的哀愁么？我们是互相扶依的伴侣，而又是完全陌生的旅客哟。

在人海之中你是怎样地奔向了我来，而我也曾怎样地对你张开了我底寒冷的手臂！我曾说："这个相逢会使你失去少女底容颜，而忘却青春底梦的呀。"一丝眼泪曾流下了你底眼前，而我亦只能忍住哭泣。于是我们互相结合了冰冷的唇，而偕行于这植满了哀愁与寂寞的道路了。你无言，时时窥视了我已沉默的眼。然而，这岂是我们底希求，这是我们底不幸哟。

夜已深了，去罢，我们：我们无有故旧，也无有朋友，我们只各人自己认取自己底道路，趁着这黑夜而作出一个渺茫的摸索罢。

到那时我们会有记忆，然而，记忆是属于过去的事了。我将在黑夜里频频呼唤你底名字；你将永远低垂了头，感觉辛苦。

我们将希望着毁灭如同一个救赎。我们将把生命看做不能摆脱的负累，在沉默的忆念之中我们将随着草木而腐朽。

世界底末日与宇宙底哀愁，我们将战栗于暗夜的途中，不复再有言语。在倦怠的途程之中我们会永远无有苏醒。

这样，我们结束了我们底梦寐罢。然而，我们仍将互相表示着平寂，如辞枝的落叶互相作出沉默之睨视而得到了解了。

一九三二年三月
选自文化生活出版社 1939 年第五版《黄昏之献》

残梦与怅惘

唉，我们是怎样地失望了于我们自己制造出来的梦境呢？至少，在我，当那疲倦之感偷偷地袭入了我底心底，我是这样地忏悔着了。

我们对于一切已经是多么地熟识，多么地过于了解了啊。我们再不能如同小孩子一样，在稚小的心里织着那些美丽的梦境，而信托地安生于其中么？

现实是这样地压倒了我们，而且，无数个旧的经历使我们把神圣和奇迹都看做了平凡，在尊严之前不能作出战栗，在荣光之前不能作出感激了。

一切在我们底心里只如同一个洞穿的墙壁，我们已经从这边清楚地得见了那边的世界——能够希望得到的是什么，能有什么给与，不是很明白的么？

于是我不能再作出孩子般的忧与喜，或者倒在你底怀中诉说着心底的苦痛与欢悦，而你在我底面前也懒得有真的表白，因为自知那一切已是过去了。

我们不会痛哭么，在我们底旅途之上我们已经行到了这个绝境？在深夜之中，当我们点燃了那记忆之灯而回想着的时候，我们是会怅然的呀。

我们用血与眼泪制造着我们底梦。我们作着青春之幻想，如同想从已被挤干了的柠檬之中再来榨出一些液汁作为我们自己底安慰。

我们闭着眼，深深地拥抱，将各自底嘴唇相互地紧贴，提防着一个过于沉重的呼吸，怕它会发出太大的声音而惊醒了我们底梦寐。

我们把各自底眼泪相互地渗合，把各自底血液相互地作着灌注，希望从这些交通可以产生我们底装饰，为着我们底既已枯涸的生命。

然而，是怎样地我们对于这一切都失望了呢？是怎样地我们终于自认了这一切都是我们底幻觉，我们底不可挽回的失去之挣扎呢？

我们互相从各自底声音之中认出了欺骗，我们底目光不敢再相遇了，因为那遇合会使我们把那不能自信的现实再加上一个铁的保证。

我们是怎样地熟识了这一切了啊：一个拥抱，一个亲吻，一个爱情之宣告，或者，甚至是一个含情的眼睛底凝视。我们是疲倦于这一切了。

当我们第一回相遇，在那最初的一分钟，从我们底眼睛之中就说出了惊异与爱情。我是疲倦于旅途的人，而你，也是在生之流中作着辗转的啊。

我们都曾受过试探，在失败与跌倒之中我们都曾尝味过苦痛底酒杯。在我底心上我负着我底伤痕，而你，也不是没有烙印的皮肤的人呢。

我们沉默无言，互相用眼睛作了深情之惊视。我们互相给与了各个底手——只这样轻轻的一个接触，我们就已完全了解了。

然而，我们是怎样苦心地织了我们底梦寐呢？我说，"我感觉了寒冷"，你回答说，"我也是缺乏着温暖的人呀"，——我们于是流下了热的眼泪。

寒夜，当我们互相拥抱着在黑暗的斜角里，从我与你底眼睛，都曾流出血红的泪丝。我们各自幻想着我们如今是获得最后的幸福了。

只是，神圣与奇迹不再在我们面前显现，我们底眼泪和血液只给我们作了无用的牺牲，惟有在噩梦之中我们才能获得我们底期望。

我们已经不能痛哭洒泪，为了我们底残破的梦。我们不都是已经对于这一切过分地熟识了么？但是，在我们底心底是横着了多少不可以互相诉说的凄凉呀。

我们怅惘着于明月初上的时候，虽然仍然是互相携着了各自底手，然而我们已经不能记忆我们底手是怎样地在第一次作出了紧握，因为那一切已经残破。

在昏黄的灯下，我们会互相凝视，想探索着彼此底悲哀之奥秘，然而，我们已经知道我们是隔离了的两个，因此而在我们底心中发出了深长的叹息。

我们只能沉默相对，互相作着隐瞒，虽然明知这隐瞒如今已经失去了力量，但是我们不能作出更坦白的表示。我们会彼此相对而感觉了心底战栗。

当夜梦回来，落在我们底心底，我们会有一些儿悔，因此，在已经干枯的眼中流出伤心的泪。然而，我们将自认那失去的一切已经不能再去追回了。

是这样地，在我们残破的梦中，我们会互相抚着各自底伤痕而彼此作出欺骗。在我们底旅途上，我们只互相传送着怅惘的眼而追悔着我们底记忆了。

一九三二年四月

选自文化生活出版社 1939 年第五版《黄昏之献》

南方之歌

号筒底声音——那是灰色的兵士们所做出来的事情；除此，就不能听见什么声息了。

啊，这南方底冬天，这么地温暖的。

午后的太阳照着窗外的公园，使其现出了初春底景色。

但是，且慢着，这是你自己底感觉么？

啊，王冠之撤弃，你破衣敝履，蓬乱着头，在街头吹箫而乞食的人儿哟！

以神秘之眼，瞥视着前程，忘却了路途之远近呀。

留心你自己底曲调啊，不要过于悲抑了；

艺术者之心底，是隐伏着过去的经历的。

一九三一年一月

选自文化生活出版社 1939 年第五版《黄昏之献》

感伤之女

夜已半。醒来，听见了如同呼唤着人名的风。
是有月光照着那婆娑的树影。
不自主地来了恐怖和凄切，几乎是想落下泪来，然而却只隐忍。
虽然哭，是不能安慰自己的。

夜已半。醒来，听见了如同呼唤着人名的风。
是有白的鬼影在眼前闪跳着。
不自主地来了恐怖和凄切，几乎是想落下泪来，然而却只隐忍。
虽然哭，是不能安慰自己的。

提起了笔，写，写给远方的人。
然而，找不出适当的话。
只说道，"亲爱的，我在这里病着，而且思念着你。"
只说道，"亲爱的，我在这里病着，而且思念着你。"

"我感觉得一切如梦，朦胧而且易于消逝。
我感觉得昨日不能够延长到今天。
我感觉得死神有一天会降临到我，
而且来携着我以同去。

"告诉你罢，我感觉得死于我是更为幸福。
告诉你罢，我感觉得生命是没有意义。
告诉你罢，假使我对于生命还有留恋，
我就不会躲避着你了。

"今天我曾哭泣，
是因为看见了那浮桥之幻影；
你底记忆，如今
也只能让我在幻影之中追寻。"

风，吹得更急了，如同有人哭泣的声音。
笔，垂下了，躺在不整理的桌上。
苍白的脸映着惨淡的烛光，似乎是在举行一个哀悼的葬礼。
头俯伏着；想哭，已经不能了。

风，吹得更急了，如同有人哭泣的声音。
月，沉落了，夜要走到它底尽头。
苍白的脸映着惨淡的烛光，似乎是在举行一个哀悼的葬礼。
头俯伏着；想哭，已经不能了。

一九三一年四月

选自文化生活出版社 1939 年第五版《黄昏之献》

春底心

　　我寻找着，在春底怀中，想得到一枝桃花；春是这般的美丽。

　　我几乎沉醉了，在春底怀中，但是我仍然继续着找寻。

　　少女们从我底身旁过去了，她们哧哧地笑着，说这是一个痴心的寻找，她们说："看那痴心的寻找者。"

　　似乎是，我是在荆棘之中寻找桃花。

　　我寻找着，在春底怀中，想得到一枝桃花；春是这般的美丽。

　　红色的引诱，如同处女底唇一样，使我沉醉着，不断地寻找。

　　越过了荆棘，藤和刺扯住了我底衣角；微风似乎是在怨语，似乎是说我过甚地冷淡了她。

　　也许是吧？微风正吹动了我底薄衫。

　　我寻找着，在春底怀中，想得到一枝桃花；春是这般的美丽。

　　苍古的庄园积废墟，我在幼时所曾沉醉的，如今都已被我遗忘。

　　当太阳沉落了，怕人的晚霞回照着我母亲底住屋的时候，有我儿时的游伴在那里轻声叹息。

　　但是，我仍然寻找着，离开她们而寻找一枝桃花。

一九三一年四月

选自文化生活出版社 1939 年第五版《黄昏之献》

深 更

　　每当深夜到来，我往往沦入沉思。当炉火奄息，夜寒加重的时候，我往往蜷缩着我自己在我底斗室之中默察着每一个细微的声响。夜是安静的，鼓动着寒冷而轻微的呼吸。有一个朦胧的梦笼罩在这整个的古寺般的房屋之上。

　　庭前的梅花在深夜之中静止着，传送着它底清香，经过纸窗来到我底斗室。我不能表示感谢或其他的情意，我似乎是忘怀于这个了。

　　我沉醉于那巡更的人所敲击的铜锣。那音响散发着，给与我以清醒和战栗。我数着那敲击底次数，一二，一二，于是，接连着又反复两次，这样慢慢地静寂下去了，留给我一些怅惘，唤回我底一些记忆。

　　我没有抖擞，蜷缩着，安静地默坐。

　　我想，在房屋底顶上会已经降落了白的霜，或者夜寒已经使空气凝结，变成了雪花。巡更的人，手里持着木棍，另一只手携着铜锣，是在一个转角的地方呆立着，不愿意动颤，不愿意在黑暗之中偷窥天色，或者愚蠢地想发现一颗明星，只是低垂了头，如钟摆似的移动他底木棍，在那铜锣底面上作出敲击，让它在夜晚底世界里发出沉重的声音。

　　有一次我遇见他，在他敲击着四更的时候，是一位老者，衰颓地立在墙底转角。我不敢对他作一个正视，他也不曾因为我底临近而作出惊扰。他用枯槁的手移动着木棍，在那铜锣底面上作出敲击，一二，于是，连接着又响了两下。他似是有了一些倦怠。我没有向他问讯底要求，这样，我自己仍是默然回到我底斗室。

　　"他会寒冷；虽然他有着厚重的衣帽，但是他有着衰败的肢体。他将不能忍受这夜寒，而在那转角的地方感觉疲倦了。"

　　我思想着。

　　在天明以前，当五更敲过以后，他会从我底房间外面经过。他将拽着疲惫的脚步，轻微地，在我底心上作出无数的迹印。

"啊，你践踏在我底灵魂上头啊！"

于是，我继续沦入沉思。我想着我自己在生之黑夜里曾作出无数的飘行，它们在我底灵魂上面印刻了淡漠的痕迹。我想着我是时时沦入沉思，或者在沉思之中寻找一个欢乐。我想着我有时在深夜之中发出一声叹息，使那睡在我脚下的猫和墙脚下的老鼠也抬起昏沉的头，表示惊异。

于是，我感觉到了一些孤独。我回忆着，除了在这斗室，在深夜之中，我有时也曾作为一个不合适的客人，闯入了别人底家庭圈子里面，不是要求一个慰抚，而是作着一个逃避。

"寒冷或者温暖，于我都是过分地生疏的。"

于是，我想到了那巡更的老者。这时，他也许是倒睡在他底床上了。但是，他必然不能入睡。在他底心里会有一千个幻象浮动着，关于他少年时代底热情，或者他中年时代底寂寞。也许，他会想到，在夜晚里，他可以不必提着一盏油灯去照明他底道路，因为他底脚步已经不愿意移动了；他宁愿永远立在那个墙底转角，等待着，一直到一个意想不到的使者来将他搀扶的时候。那时，也许，他会微微地发出笑容了，从他枯槁的脸面。

我不愿意挑拨那炉火，因为一个完全的奄息更能使我安静。我蜷缩着，如同那睡在我脚下的猫和墙脚下面的老鼠一样。当黎明到来，我轻轻地抒出了我底叹息。

一九三二年一月
选自文化生活出版社 1939 年第五版《黄昏之献》

我 们

我们是夜之子。我们底生活是黑暗和恐怖。我们，从我们底第一世祖先，就是俯伏着在这黑暗里面。在这夜底空气之中，我们滋长起来。

没有太阳，没有光；我们是夜之子，从我们底祖先底时代。我们是无数万万，被埋伏在这地底下的。我们恐惧着，我们提防着，在这夜底世界。

啊，我们要求什么，这无数万万的夜之子？我们没有要求，虽然我们有生命。这里是夜，是黑暗底国境。当黑暗捉住了我们底喉管的时候，我们不能够发出声音。

我们如同幽灵，我们在夜底世界里面潜伏地行走，我们，无数万万的夜之子，在这黑暗之中蠕动。我们排成了我们自己底行列，在这没有光明的路途之上。

啊，我们将上哪里去，我们，这无数万万的夜之子？这里是夜，是黑暗底国境。当黑暗蒙蔽了我们底眼睛的时候，我们是什么也不能看见的。

我们能看见什么？——夜与黑暗。

啊，我们是无数万万，我们排成了我们自己底行列。我们在这黑暗之中摸索着，受尽了恐怖。黑暗没有仁慈，它残忍而且暴虐。

我们，我们能够从黑暗中要求仁慈么？

我们底兄弟们在这黑暗之中一个一个地死去，夜之子们一个一个地死去。夜是残忍而且暴虐的，我们，我们这无数万万，在残忍和暴虐之中长大了起来。

生命于我们没有价值，因为它底存在底权柄是属于黑暗的。我们底生命几乎并不属于我们，但是我们有生命。

啊，生命！生命对于夜之子们能有什么价值呢？我们永远是将生命用我们底两手捧着，当时候来到，我们将它向着黑暗供奉。啊，生命！生命是夜之子们对于黑暗的献祭礼。

啊，我们，夜之子。我们底命运，我们底命运是一个乌有。当我们授与了我们底生命，在黑暗之中并不迸出一个火花啊，我们，我们有什么价值呢？

我们排成我们自己底行列，我们，这无数万万的夜之子，我们是在黑暗之中行走。我们永远向前，我们永远越过，但是我们永远没有达到什么地方，在这黑暗底国境。

啊，我们底孩子，他们是如同我们一样么，犹如我们是如同我们底祖先一样？啊，我们底孩子，他们会永远潜伏在这地底下的么？

啊，我们，夜之子，我们底命运！我们底孩子们在这黑暗之中一个一个地死去。他们两手捧着他们底生命，对着这黑暗作了无数的献祭。

啊，我们，我们是无数万万，无数万万的人捧着生命，对着黑暗作了无数的献祭。我们，我们自己底和我们底孩子们底失去了生命的尸骸，在这黑暗之中填满了夜之罅隙。

啊，我们，我们是夜之子。我们在夜底空气之中滋长了起来，我们也在这夜底空气之中死亡去。我们永远是这样地滋长而且死亡，从我们底祖先一直到我们底孩子。

我们有什么我们自己底行列？黑暗君临在我们底行列之上。我们在地底潜伏着而前进，但是在地底下我们不能达到什么地方。

啊，我们，我们是无数万万，无数万万的夜之子。

一九三一年五月

选自文化生活出版社 1939 年第五版《黄昏之献》

战之歌

只有来的路，没有回去的路。

风是在作大圈儿地回旋了。

"莫要说这是荒凉吧，我底孩子——在我们，荒凉之中也有生活。

"让沙砾飞到你底眼中，让石块打着你底脸，让你底腿儿拖拽不动，让你感觉没有一点气力剩下来，但是，让你再向前进。"

飞鸟在我们头上无有目的地飞徊，

回教徒的寺里又鸣着晚钟了。

黄昏！黄昏！黄昏！

夜还没有来。

"只要这是一座战场，这就是我们今晚歇宿的地方。"

"没有星光和月亮的夜晚更能使我们戒备我们的敌人；我们紧紧地拥抱着，我的儿，我们注意地听着每一个远地传来的声息。"

小小的城门半开半合着，

每一边站着一个疲败的兵士。

那一座孤立着的小城！

那一座寂寞着的小城！

"回头看，我儿，那里没有一点灯光，他们全死了。

"他们不再欢乐——他们没有欢乐的理由。饮酒的时候不会唱歌，睡眠的时候没有鼾声；没有呼号，没有呐喊。"

敌楼上挂着一盏惨绿的微灯！

然而，连孤鬼也没有给与怜恤的意思。

黑暗！黑暗！黑暗！

夜之神披着黑衣，无声疾行。

"然而，没有害怕，亲爱的儿，这是我们出发的时候。

"使城楼里面躺着无数的死人，使冰冷的血液填满壕沟，火光要焚烧着灰色的宫殿，赛过黎明之中的红霞。"

没有寡妇哭着丈夫，

没有孩子哭着爸爸。

一九三〇年六月

选自文化生活出版社 1939 年第五版《黄昏之献》

生死曲

啊，这过去的时代啊！

到处微微地铺上了一层黄昏，陈列着些个软弱的幻影。不跃动，只镇静而等待。我在这奇异的梦底世界，感觉到没有归依。

啊，感伤时代之复活啊！

要求生活，生活了，又要求生活之力。朦胧，朦胧，烟雨底围罩，风霜之啼泣。白云在天间，是幻变的，美丽虽然是美丽，但终缺少了红色的悲壮的晚霞。飞舞呀，云头，不然，由幻变而至于绝灭。

光明底希望，然而太阳却只是不出来，而且，不久又将要黑暗了呀！你自然之捉弄么？是的，当我还没有力以前，你是有力的。

生，生，死，死！

人看见了海波底消逝，便想到自己了。在昏迷的时候，所看见的便是死亡。但是当动力来到的时候，人便复生了。

愤怒而跳跃，提起了生命底武器，向着死亡挑战罢。颓败之古代的衣裳，已呈现了它底战抖的颜色。要问：这梦是甚么时候醒来？那么，就是在这个时刻了。

夏之炎热啊，生命之蒸烧，欲求底闪动，虽然为时是暂短的，然而亦让其来到罢。灭亡底歌声，唱出来的是什么意思呢？

秋风不来，朋友们！得到了死亡之国底消息，说是那儿已经在骚扰，在反叛了。

唔！听这声音，听这歌曲！

是说着什么？是唱着什么？是回忆着什么？是热望着什么？

春已去了，朋友，然而是曾从冬底国度而来的。人间的战士，他所说的是：我曾苦斗了一生！黑暗啊，没有来；光明啊，也没有来；只苦斗的战士，一个人向前而行走。他是从什么地方来的，到什么地方去？回答的是：从冬底国土而来，到春底国土去。

已是正午时分了，人间的战士，一个人鼓勇而前去。他背负了时代之重累，回忆着，又想望着；苦恼着，又欢慰着；战斗着，又降服着；前进着，又停止着。

唔，何来声音，唱着这醉人灵魂的歌曲？

嘻！阻拦此逝波，挑动这不流的死水，戏弄此无力的灵魂——持挟强固的生命。

看者！魔鬼底舞蹈，犯罪之引诱。

牵引着你，行，行，长戈在手！骑马而战，从平原追赶到山巅，从摇篮而至于坟墓，在坟墓之前，还要说一声坟墓不足以威胁我。

鼓响，钟鸣，时代在披发而战斗了。你是好汉，朋友，就无须独立在山头，迟疑而观望。与你结伴而偕行，你底马儿衔着我底马底尾。

在前进！嘶，行矣，没有胜，没有负，只是苦斗着在这悠长而又短促的生。

明日底行人啊，不要仅看此模糊的血迹。路还没有完，在山底那边，在海底那边。

听见么？我们所常说的：只有去的路，没有来的路。然而，脆弱的人，一闻此言便尔战栗矣。呜，遗弃！遗弃！

紧握着手，我底仇敌，我底朋友，我与你们血液之交流！昨日底真实之消息，说是死亡底国已经在那儿骚扰，在那儿战动，在那儿反叛，在那儿逃亡了。

啊，扰乱啊，扰乱了这一切！何来的这过去的偶像？颓败罢，颓败罢！

啊，只要我有力的时候啊，你这灰色的云头，你这无来由的暗影！

一九二八年七月

选自文化生活出版社 1939 年第五版《黄昏之献》

挣 扎

告诉你，在那里，没有黑夜，也没有黎明，天色永远是茫然的。真的，是茫然的，你不大明白么？一切都是挂在或有或无之间，让你感觉不到什么，不能说强，也不能说弱。这没有一点奇异。我们在那茫然之中并不是完全止息的，我们动作着，然而这动作却表示出茫然的姿态。

云不游走，永远是那样悬挂在天空。有时候，我们想跳跃，想飞升，想抓住一块云头，给它一个撕裂。然而，这念头在我们心中发生的时候，我们底心是麻木的。每个人都有着茫然的面孔，你不能说那是故意装出来的冷漠，因为那茫然的确是真诚的。也许我不能用这样的话来告诉你，我说是真诚的——然而，当你见着这一切的时候，你是有着真诚的茫然了。

道路在茫然之中分岐着，伸引着，但却只有很少的人在上面行走。人如同幻影，似乎只有幻影才能是这样。没有声音，只有幻影底飘荡，那飘荡似乎是属于永久。你对于我底话应当是不能理解的，然而，你只想着是个茫然的幻影罢。

我在那里是完全孤独着的，如同生活在云头之中，或者自己已经变成了云头。我曾有过痛哭，但是，那只有很少的次数。渐渐地，我学会了深长的叹息。这些叹息，我得告诉你，在空气之中并不曾激起任何的战动，只如同一根游丝被挂在枯树底枝头一样了。而且，我也是怎样失望于我底叹息啊。

有时，我也把我自己飘荡于那些道路之上。但是那飘荡曾给了我如何的疲倦与空虚。有时，是愤怒与喊叫。我是一个不适宜于那里的人。我看见了有几个幻影在我底面前飘动着，这使我感觉到奇异，也许是羡慕。但是，这感觉不能够有支持底力量，终于，在不久以后，我停止我底飘荡了。我对于这个几乎是怀了作呕的轻蔑。的确，一种深的轻蔑，我决不欺骗你。我使全身战动，让汗流到我底头上来，我这才在这茫然的路上立住了我底脚步。

"无论是故土，或者是客居，但是，我是不适宜于这里了，我得离开。"这样地说了，我提起了我底脚步。道路陷落着，愈陷愈下，一直几乎要让这茫然的泥土来把我埋没了。我作出了我最后一次的挣扎。

　　告诉你，一直到这里我是挣扎着。

一九三二年一月

选自文化生活出版社 1939 年第五版《黄昏之献》

朝　晨

　　朝晨，当云雀飞翔在空际，新晴的天色照着黎明底彩霞的时候，我是怅然了，如同由一个梦里觉醒。在井边，我掬起温暖的水来洗涤我憔悴的脸面，然而这第一线的春光是给了我如何的揶揄啊。

　　我不能忍耐于这心上的悲剧。在痛苦的神游之中我站立起来，向着一个空旷的草原，为自己祝福，或者祝福那些枯萎已久的草木。严霜与浓雾没有使我感觉寒冷，因为我底怅惘是这样地深。

　　我祈祷着而且祝福，如同一个在自己底苦难之中修行的人。我怀着慈悲，忘了幻灭，然而，这不能怡悦我自己。为了这过分的谨慎，我是力避着暴行。

　　"一个暴行，"我这样想了，"给还血与肉的。"

　　但是，这是一个幻灭，这幻灭会给我许多牵引，从深深地埋伏着的心之奥底，牵引起一些如噩梦一般的心灵之剧战。我抖擞了，那不是由于这寒气，或者霜与雾。

　　"黎明带来了光辉，春天会从太阳底微温的拥抱里现出它底头来；我会安适于片刻，我会如潮水已过的朝晨底海，在无涯际之前平静我自己，不让这空旷的平面发生一个波澜，或让一个声音激动在沙滩上面。我也不会容许一个微风底吹拂，我将不让它来飘动我底头发，因为我料想那也是会给我以破坏与动摇的。"

　　但是我心恍惚，不能清醒。我战动了身体，如同有寒冷侵入了我底肢体，使我不能支持。我似乎是感觉到了剧痛，使我需要一个叫喊。

　　"昨晚没有月亮，你是在昏沉之中过去了你底黑夜。黎明不是给你带来忏悔，而是给你带来一些血液。"

　　我迷惘着，想寻出这由心之深处所发出来的战争底号角之声响。春天底第一次的太阳从草原底那一边徐徐地升起，作出了骄傲而侮慢的步骤，散布着轻蔑底种子，使我怨恨。

我不能忍耐于这心上的悲剧。有激烈的波动生于我底心头，但是我不能移步。一滴眼泪从我底眼角坠落了下来，落在那枯槁的草上。我环顾我底周围，一切都在光明底笼罩之中。天上没有浮云，太阳在地平线上灿烂着金光。

　　"是时候了。"我说。"这里有一口井，有一个草原。地平线外，有着一轮红日。天际，有着一个春天。"

　　但是，我还是不能投入，或者倒卧，或者前行。

一九三二年二月

选自文化生活出版社 1939 年第五版《黄昏之献》

贫 乏

没有，的确，我没有。

我什么也没有。

请收回你底手罢，我没有。

真可怜呢，也许我比你更为贫乏。我不用解释，这个你自然会明白的；或者我可以说，你以后总会明白的；或者更明白一点地说，当你失望地把手收回去的时候，你就会明白了。

不要怀疑我是悭吝，真的，我一点也不这样。不要怀疑我，因为那是一个可怕的误解。

啊，你不厌倦地伸着你底手，一点也不想收回，这真使我不晓得要对你说甚么呢。我不是已经对你说过我没有？真的，我没有呀。我什么也没有。

也许我以前曾经有过，你知道，每一个人在他底好的年头多少总有一些，但是，现在我实在是没有了。

当我有的时候我并没有用我底所有做什么，如今我是贫乏了。

当我富足的时候，我没有想到我是富足的，也没有想到我以后会贫乏；但是现在我贫乏了，我知道我贫乏呢。

真的，我不应当向你隐瞒我底贫乏，那是欺骗。

你底手仍然是伸着的么？啊，看你底手，似乎是第一次伸出的呀！这么小，这么弱，然而却也这么强而且坚忍。

但是，我没有，我是甚么也没有的。

啊，不要哭泣，我是害怕这个的；只请收回你底手，这就得了。我很怕见人哭泣，见着别人哭泣的时候，我自己也就哭泣了。

唉，收回罢，你底手，我请求你！你似乎是逼迫，而且，更似乎是揶揄。你不是不知道我并没有什么的。

假若我有，我会给与，虽然当以前我有的时候我也不曾给与。但是，只要我能再有呀！

唉，你底哭声真教我难堪呢。我不能哭，虽然你很可以看得出我是很想和你一同哭。

但是，你为什么哭呢？为的是不能得着么？啊，不能得着是较之本身底贫乏还要更好的呀。

假若你还不能制止你底哭，那么，我是更应当哭的了。

昨夜我曾哭了一次，那可以说是完全不为着什么而哭泣的，也许是在那个时候我记起了我底贫乏，但是现在你底哭声，更发提醒起我底贫乏来了。

停止了你底哭泣罢，我不能再忍耐，我自己也要哭了。我不是对你说过我害怕别人哭泣？

啊，你底哭声也是如何的压迫，如何的揶揄啊！

是因为我没有，是因为我害怕，所以你才故意地逼迫，故意地揶揄么？啊，你真是如何残忍呀！

从前，我也是多么残忍，但是，现在，我不能了。

我不能，真的，我不能。

我不能，实实在在，我不能。

真的，我不能。

我想不到我不能。

我为什么要欺骗你说我能呢？

啊，停止你底逼迫和揶揄罢，我不能忍耐了。

收回你底手罢，停止你底哭罢，我请求。

没有，真的，我没有，什么也没有。

我害怕，害怕别人底哭泣，并且，我害怕我自己也会哭泣。

唉，我请求你收回你底手罢，停止你底哭泣罢。

唉，这样的逼迫，这样的揶揄呀！

唉，我请求你！

一九三一年五月
选自文化生活出版社 1939 年第五版《黄昏之献》

黎 明

是在黄昏，我携着我底孩子逃了出来。孩子非常慌张，他还没有他底力量；至于我，我却太老了。我们一路奔逃着，留神着前面，听着后面底喧嚷。

渐渐地听不见人声了，只有风在吹。我同孩子都拭去了我们脸上的汗水，我们仍然不住地在喘息。

没有月亮上来，这是个黑暗的夜。孩子渐渐地忍不住要哭了起来。

在地上，只有沙漠，只有深没膝盖的沙漠。

"这儿太黑暗，太黑暗了呢，爸爸！"孩子说。

"是的，我们是在黑暗之中。是有人追杀着我们，他们有的是刀和枪，他们要来追杀我们。"我底声音是断续的——这声音使我和孩子听了都觉得凄凉。

孩子鼓起了他底幼儿的勇气，放声哭了。

风在吹啸，沙漠在咒诅！

怎么忍得住不哭出来呢！可怜的孩子，我们是在这样的黑暗之中了呀！我拭去了我底眼泪，在荒凉的风声之中抖动我底身体。

我们倒身在沙漠之中睡着。沙漠是冰冷的，孩子时时紧握他底手，他是在学习反抗了。

仍然是没有月亮，我们仍然是在黑暗的、荒凉的沙漠之中。

孩子站立了起来，紧握了他底手，昂起了头，向着天上呼啸。

我意识着，沙漠是在震动；我也站立了起来，抬起了我底头，望着天上。

"我们要咒诅这个黑暗，我们要咒诅这个沙漠！"孩子说着。

我也说着。

"要停留在这儿，只有死亡，这里没有生命。沙漠之中没有生命。我们要回去，要回去，爸爸，回到我们厮杀的地方去。我们底生命在血中，我们底生命便是我们底血底流动。"

我和孩子都回转了头，我们底心在跃动。

风停止了吹啸，沙漠也停止了咒诅。

我们是在向前进。

是在黎明以前的时候，我们底拳头又在血液之中挥举了。

一九二九年四月

选自文化生活出版社 1939 年第五版《黄昏之献》

红 夜

三条狗在我底房间绕着圈儿旋走。它们发出不安静的吠声，有如哀哭。它们战栗地绕着我，咬着我底衣角。

我让我底眼泪滴下，滴到地板上头，作出叮叮的响声。

外面，在炮火声中，大声地喊着的是"占领"，这声音在房屋顶上的火焰中震动着，使我底房间动摇，几乎是要倒塌。

三条狗在我底身旁不安地发出吠声，使我下泪。

"没有抵抗，我已经没有祖国。"

外面，火光燃烧着。人们倒落下来，在那些碎石子的市街上头，在那些不平稳而狭窄的市巷里面，在那些路旁的沟渠之中。

"没有抵抗，我已经没有祖国。"我第二次地这样说了，让我底眼泪滴下，滴到地板上头，作出叮叮的响声。

有声音叫喊着，在倒落着的人们中间，但是非常地微弱。我不能听，因为三条狗在我底身旁作出了过分的惊怖。

我隐忍着哭泣如像受难的志士。火光使黑暗的天空变成红色，想作出更大的毁灭。

三条狗在我底身旁狂吠了，露出了牙，现出了狞恶的脸。这使我如同着了疯狂，探头从我底窗户向着那飞着子弹与火焰的街头。

血液与尸首，在街头流动着，躺卧着。我感觉有热泪在我底眼中燃烧，不是为着死的，却是为着当这些尸首被移去了以后那些来填补这些空白的人。

一群灰色的人走上前来了。他们底面色瘦黄，因为在这以前他们已经有过苦难。

"我们是奴隶，我们是受雇佣的人，我们没有自己底生命。"

三条狗扯着我底衣角，强悍地、粗暴地使我离开了窗前。来复枪、机关枪在街头扫射，人们跌倒在地上了。

　　我让我底眼泪滴下，滴到地板上头，作出叮叮的响声。

　　黑暗的天空变成了红色。我第三次说了，"没有抵抗，我已经没有祖国。"我没有喘息。

一九三二年二月

选自文化生活出版社 1939 年第五版《黄昏之献》

最后的显示

从昨晚起，黑云没有离开过西奈山山脚。在紧密的乌云上头，发出强烈的光亮，使得凡人们不敢正目而视。雷声与光闪冲破了漆黑之团，在天空各处战栗。

在这最后一次的显示里，耶和华显出了他是一个残暴的、疯狂的、嫉妒的、不公平的神。

拜金牛的以色列人，在昨晚的大屠杀之中死去了七千七百；连无辜的牛群和羊群，也全受到了灭绝的严惩。但是，却全然没有听见哭泣的声音。

沉重的压力与黑暗统治了这无际的旷野，以前降过马拿的草地现在都变得荒芜了。

以色列人没有骚动，连摩西自己也只有垂头，想从雷声底震动之中听出天上的消息。

没有声音发出来，除了雷吼以外。

不安渐渐从以色列人底行列中升高了，变成了大的骚动。

摩西战栗着，以色列底少年人愤怒地走上了前面，抬头向天。他们看不见耶和华底面容。

——显现出来，你屠杀者，不要把脸面藏在云端！

——开口罢，你丑恶的幻象，不要只给我们以不清白的雷响。

——威吓是没有用的，你渺小的神，我们有着无穷的镇静。

——你能有甚么权力屠杀我们底兄弟，我们底伯叔？你能有甚么力量强迫他们对你尊崇？

——你自以为你是引导着我们脱离了埃及人的么？你忘记了我们底兄弟、我们底伯叔在沙漠的旅途中所受的一切苦痛么？

——你给与了我们什么，比较我们底牛？你可曾供给肉和乳作我们底饮食？你可曾供给皮和毛作我们底衣裳和帐幕？

——你要用我们底儿女作为高贵的祭礼么？你要用我们底鲜血来苏解你底饥渴么？因为你没有得到，你就眼睛发红，而实行你底屠杀么？你要先将我们杀完然后才让我们底灵魂去占领那肥美的生长葡萄的加南地么？

——开口罢，啊，你丑恶的幻象！给与我们你底正直的理由！

更普遍的骚动起来了，偕同着更高声的喊叫。愤怒与复仇底火光燃烧着在整个的旷野，几乎驱走了那黑暗底压迫。以色列底妇人和孩子们，也从帐幕之中爬了出来，高声地应和着少年人底呐喊。

以色列底少年人组成了他们底行列，狂呼着，前仆后继地冲向了西奈山底山脚。

——撕破了那个黑暗的面罩，那欺骗了我们一直到如今的！

——啊，啊，撕破了它！撕破了它！

——打断了那刻着诫命的石碑，那压迫了我们一直到如今的！

——啊，啊，打断了它！打断了它！

——我们为什么要他来做我们底立法者？我们除去了他！

——啊，啊，除去了他！除去了他！

——我们要从山脚冲到山顶，我们要为自己立出法律！

——啊，啊……

太阳从地平线上升起来了，没有乌云，也没有雷响。流血的痕迹延长着，从西奈山山脚直到山顶。

以色列人底行列正在沙漠之上蠕动着。他们正忍着饥渴在向着美丽的加南前进。

行列底末尾，一个生着卷曲的白发的身长的老人，也正疲倦不堪地拖着他底腿，不愿意而不得已地跟随着。他们仍然是称他为摩西。

一九三〇年五月
选自文化生活出版社 1939 年第五版《黄昏之献》

鹰之歌

黄昏是美丽的。我忆念着那南方底黄昏。

晚霞如同一片赤红的落叶坠到铺着黄尘的地上，斜阳之下的山冈变成了暗紫，好像是云海之中的礁石。

南方是遥远的，南方底黄昏是美丽的。

有一轮红日沐浴在大海之彼岸，有欢笑着的海水送着夕归的渔船。

南方，遥远而美丽的！

南方是有着榕树的地方，榕树永远是垂着长须，如同一个老人安静地站立，在夕暮之中作着冗长的低语，而将千百年的过去都埋在幻想里了。

晚天是赤红的。公园如同一个废墟。鹰在赤红的天空之中盘旋，作出短促而悠远的歌唱，嘹唳地，清脆地。

鹰是我所爱的。它有着两个强健的翅膀。

鹰底歌声是嘹唳而清脆的，如同一个巨人底口在远天吹出了口哨。而当这口哨一响着的时候，我就忘却我底忧愁而感觉兴奋了。

我有过一个忧愁的故事。每一个年轻的人都会有一个忧愁的故事。

南方是有着太阳和热和火焰的地方。而且，那时，我比现在年轻。

那些年头！啊，那是热情的年头！我们之中，像我们这样大的年纪的人，在那样的年代，谁不曾有过热情的如同火焰一般的生活！谁不曾愿意把生命当作一把柴薪，来加强这正在燃烧的火焰！有一团火焰给人们点燃了，那么美丽地发着光辉，吸引着我们，使我们抛弃了一切其他的希望与幻想，而专一地投身到这火焰中来。

然而，希望，它有时比火星还容易熄灭。对于一个年轻人，只须一刹那，一整个世界就会从光明变成了黑暗。

我们曾经说过："在火焰之中锻炼着自己。"我们曾经感觉过一切旧的渣滓都会被铲除，而由废墟之中会生长出新的生命，而且相信这一切都是不久就会成就的。

　　然而，当火焰苦闷地窒息于潮湿的柴草，只有浓烟可以见到的时候，一刹那，一整个世界就变成黑暗了。

　　我坐在已经成了废墟的公园看着赤红的晚霞，听着嘹唳而清脆的鹰歌，然而我却如同一个没有路走的孩子，凄然地流下眼泪来了。

　　"一整个世界变成了黑暗；新的希望是一个艰难的生产。"

　　鹰在天空之中飞翔着了，伸展着两个翅膀，倾侧着，回旋着，作出了短促而悠远的歌声，如同一个信号。我凝望着鹰，想从它底歌声里听出一个珍贵的消息。

　　"你凝望着鹰么？"她问。

　　"是的，我望着鹰。"我回答。

　　她是我底同伴，是我三年来的一个伴侣。

　　"鹰真好，"她沉思着说，"你可爱鹰？"

　　"我爱鹰的。"

　　"鹰是可爱的。鹰有两个强健的翅膀，会飞，飞得高，飞得远，能在黎明里飞，也能在黑夜里飞。你知道鹰是怎样在黑夜里飞的么？是像这样飞的，你瞧。"说着，她展开了两只修长的手臂，旋舞一般地飞着了，是飞得那么天真，飞得那么热情，使她底脸面也现出了夕阳一般的霞彩。

　　我欢乐地笑了，而感觉了奋兴。

　　然而，有一次夜晚，这年轻的鹰飞了出去，就没有再看见她飞了回来。一个月以后，在一个黎明，我在那已经成了废墟的公园之中发现了她底被六个枪弹贯穿了的身体，如同一只被猎人从赤红的天空击落了下来的鹰雏，披散了毛发在那里躺着了。那正是她为我展开了手臂而热情地飞过的一块地方。

　　我忘却了忧愁，而变得在黑暗里感觉兴奋了。

　　南方是遥远的，但我忆念着那南方底黄昏。

　　南方是有着鹰歌唱的地方，那嘹唳而清脆的歌声是会使我忘却忧愁而感觉奋兴的。

一九三四年十二月

选自文化生活出版社 1936 年初版《鹰之歌》

沉沦

当我疲倦的时候，我会停止一切的思虑，颓然默坐，而你，就以往常我所常见的你底姿态，而翱翔在我底眼前了。我不曾感觉苦痛，虽然我们已经相隔了这么远。你底张着两翼的飞翔姿态是会使我欣悦的。

飞！飞！不息地飞！你真是个苍鹰般矫健的灵魂啊！

如今，你还是在飞着么？这无须乎我底询问，你会飞着的。只是，在这广大的世界之中，我知道你如今是飞到了哪一个角落，或者，不如说，你如今是飞到了哪一个天地？飞，飞，飞向远远的地方去——是的，我们全都有过这么一个理想，我们有过我们底热情，爱过一些什么，而且，曾经鼓起过不甚矫健的翅膀飞翔过。飞，飞，几年来，你只是负着你底被残害的羽毛和纤弱的躯体，在灰暗的、铅一样沉重的天空之中不断地继续着你底飞翔。你咬着牙，作着那悠长之旅，不曾有过一刻的休息。有时，当你急急忙忙地，从那长天掠过的时候，我知道你是愈飞愈远，而我则是愈落愈后了。

你有着一个不疲倦的身体，一个不埋怨的灵魂，虽然你有时因为不能忍耐那肉体底煎熬而不自主地发出了凄厉而哀惨的啼号，但是，每一次当你叹息了以后，你总是在你底飞之旅程中又作出一步的跃进了。而我呢，我则如同一具破舟底一块被水浸透的木板，在年月底推移中，只感觉沉沦已经成了不可以逃避的命运。生活就是这样的，就是一块破船底木板，而且，对于投身于生活之中的你，我还能想出怎样更合适更可信的比喻呢？

我不忍告诉你我已经习惯于这样的生活。我所不能忘记的是你时常对我说着的："我爱鹰！"

鹰真是可爱而矫健的动物呢。如今，我也会时时独坐一刻，当夕阳西下之时，在荒废的庭园里，看着鹰群怎样从我底头上掠过，一只一只以矫健而活泼的羽翼时而突入了云顶，时而飞向了眼睛所看不见的远方。

告诉你，我仍然不能忘却在眼睛所看不见的远方曾经有过我们底憧憬。

我记得，我们曾经有过那么一种残忍的果决，我们曾经能够自己亲手执着利刃来把自己加以解剖，能够无情地以自己底手执着鞭子来将自己加以鞭挞，让自己知道自己还活着。

你记得你那时所说的话么？那时，你底眼睛发着光——我应当说那光辉是神圣的——你锁着沈思的眉，你曾经说："我们都是苍白的温室里的花朵，迟早要萎谢，会变成枯槁的！我们不要做一个被热情烧毁了的孩子！"

我能够不因为你底预言而从心底发出战栗吗？我怕的是连这战栗之发出有一天也会从我底心中逃亡，到那时，就是在我底记忆之中，你也将不存在了。当我把活着和不活着看得淡漠起来，当我将烦躁换作了安详，将危惧换作了平静，当我不以像这样活着为一种耻辱，而每天只有欣然之冷漠来作着我底伴侣，到那时，我将还有什么被剩余下来呢？

你，当你从你底云端俯首下视的时候，你也不曾留意到我是有了怎样的面容？也许，你将惊异着我底太快的苍老罢？

我记起我们在一个时候曾经想着要找一个平安的角落，而将这世界遗忘。然而，你并不曾遗忘这世界，你是一直不休息地，在继续着你底翱翔；只是我，当这世界如今正在沸腾着的时候，我却停留着在这世界底外边。

我想要见到你，虽然那会见是难以预料的。但是，如果我们竟能在一个偶然的机缘之中而再相逢在一处，你无疑地将疑惑我们是相逢在一个噩梦里了。

一九三四年十二月
选自文化生活出版社 1936 年初版《鹰之歌》

五　月

　　五月，万物都是欣欣向荣、肥壮饱满的季节。但是，乍冷乍热的天时，使人们全染上疾病了。病菌在空气之中活跃着，伤害着人们底脑和神经。毒的月啊！

　　防疫的工作紧张起来了。街头布满着扑灭蚊蝇和一切传播病菌的标语。患病的人们，在有毒的空气中感觉窒闷而且烦恼。

　　看天空，太阳是渐渐地变得火炽了。

　　孩子得了热病，头部如同火烧，行动变得好像一个疯子。发热。发热以后继之以梦呓。梦呓完毕就咳嗽起来。咳嗽得苦闷不过，就不断大声呻吟，如同一只小狼底嗥叫。

　　热病！初夏的流行病啊。我将怎样？望着孩子疯狂一般地辗转着，我想到这世界已经变成了一个怎样的世界。

　　我想，我应当有一个冰囊，盛满冰块，安置在孩子底头上和胸口，让他冷一冷，使他得到一些儿安息。然而，我到什么地方去找一个冰囊呢？而且，用一个冰囊，是不是会有效力呢？我踌躇着，对着孩子底疯狂的眼睛发抖。

　　应当把他送到一个清静的地方去，我想。应当把他送到医院去，或者把他送到疯人院去。应当把他关闭起来，把他和世界隔绝起来，使他得到一些安息。应当用铁的链子将他锁起来，用黄连汤当作清凉剂，使他底眼睛里面的血丝渐渐地减少。

　　我将怎么办呢？我应当把他锁起来么？把他当作一个疯子么？然而，他是我底孩子。

　　我底神经变得抖颤，我底手变得瘫软起来了。我抱着我底孩子走了出去，然而，我们将走到什么地方？

　　马路上，有人拼命地抖着自己手上的污垢，使我觉得恶心。那是爱清洁的人。他们有着奇异的洁癖。他们为什么要那样抖着他们底手？那手上的污垢是可以抖到马路上去的么？污垢的手！当手上的污垢被抖了去，而现出一双清洁的白手的时候，他们底面目现得更为狞恶而且可怕了。

好一双白手！爱清洁，有洁癖的人！那手上为什么不生出一些五月的花朵出来？玫瑰花，血红的玫瑰花！

血红的玫瑰花，从一双清洁的白手上面生长了出来，而被栽植到柏油的马路上！

喷水车来来往往，在马路上面喷着水，压住灰尘底飘扬；清道夫们手里持着扫帚，殷勤地工作。因为，是五月啊，毒的月，防疫的时季。

马路上面开着血一般红的玫瑰花，那是污秽的陈迹，是不愉快的记忆。用喷水车来洗了罢，用扫帚来扫了罢。从血迹之中，是会传播毒菌的。

夜晚，人们在马路中央插着红灯，急忙地用铁锄撬去了那留着血迹的柏油路，而在原来的地方另外铺上了一层新的柏油。

夜晚过去了，一个清洁而寂寞的五月之夜。

我拖着我底孩子急急走过了街头，想着：清道夫们会因为剧烈的工作而发起热来，而变得疯狂起来的呀。

一九三五年五月
选自文化生活出版社 1936 年初版《鹰之歌》

岁　暮

岁　暮

惊风骇浪之中传来了消息，带来了人们底嘶和吼。我们底纤细的神经战栗了，而日子就一天一天地过去。岁云暮矣！

岁云暮矣！看见年岁转换了，人们在日历本上翻出了新的年月，我们不觉得有一些惭愧么？然而，我们底神经是被麻痹了的。我们听，但是我们能够听到什么？

无有声息地，我们底脚步踏过了平野。是多么寂寥的行程啊！看见苍天掩盖了大地，雪花随着疾风而飘落到年老的枯树枝头，我们是应当感觉痛楚了。

因为，如今已经不是来寻找游戏的年代啦！

雪地里的风光有什么可以玩赏的呢？在一片的白漠之中，我们难道自己不知道自己只有一颗空无所有的心？"拾起枯枝来罢，来烧它一团野火"——像这样的游戏如今已经成为不可能的了。

岁暮，怀着茫然的心绪，脚踏着雪的平原，追逐着一条看不见的道路——然而，在无际的雪野之上，我们是用不着来卑鄙地印上我们底轻浮而不着实际的脚印的。

茫然地行着，行着，疾风吹着雪花拂过了我们底苍然的脸面。在远远的林木中听见了金属和树干相碰击的声音，在那里该是有着一个伐木人吧？伐木人在林间举起了他底斧子，不疲劳地工作，唱出了激昂的歌声，而我们底脚步却因此而变得瘫软了。

可羞耻的行程啊！是应当随着过去的年岁而埋葬到永远的遗忘之中去的！

迎 春

刺耳的怪声和嘈杂的曲调，这是人们所唱的迎春曲么？

我憎恶这行列。丑恶的行列！他们在口中唱着"万岁"，那是从永远到永远的意思。

"万岁！"从永远到永远会有一朵阴云遮住了和煦的阳光，使世人生活在阴森的空气里。

我翻着神奇的古传，读着我所不能了解的训言。我猜想，我思索，然而我变得几乎疯狂；我感觉我是沉到一个无底的深渊之中了。我底身体发出抖擞，我意识到窒息与寒冷，我咒诅着这阴森的世界。

愚盲与无知在世界上行使着奇迹。在神奇的古传之上有着先代的哲人发出议论，说人类在上帝面前有罪，说饥饿的眼睛不能得到仰望天国的光荣，说长着舌头而宣说着智慧是对于神灵的亵渎。而先知们也在说着预言了：郇城将要灭亡，惟有信仰上帝的可以得救。

我是信仰什么的呢？我信仰着："郇城将要灭亡，惟有信仰上帝的可以得救。"只是，当郇城灭亡的时候我会哀哭么？也许在郇城还没有灭亡以前，我们早已灭亡了。然而，那时候我们会哭么？

我翻着神奇的古传，读着我所不能了解的训言，感觉着苦闷、寂寞和悲哀。

然而，人们是在街头喧嚷着，互相争辩着谁是上帝。"谁是真的上帝呢？谁能保佑我们在郇城灭亡以后还能得救呢？"

"一切的上帝都是一样仁慈的啊！"最明智的人如是说了，于是，我听见了一阵大的欢呼："万岁！"那是从永远到永远的意思。

行列过去了，那丑恶的迎春的行列！在行列背后被捆缚了一个脸面苍白的人，无疑地，那脸面上头有着一对饥饿的眼珠。他是反对着古先知底预言，而将无神论传播给世人的，但是他不应当生来有那一双饥饿的眼睛。

随着行列底过去，白色的迎春市招便在街头张挂起来了，在阴惨的风声中，从街道底这一边横断到街道底那一边，如同有殡车将要经过的时候一样。

祝　福

我将以什么祝福你呢，啊，春天？我将说你来得太早，或者说你来得太迟？

这还不是你来到的时候啊！告诉你，我们这里还没有玫瑰花。

你可知道——鲜红而艳丽的玫瑰花是有着血腥气的？

一年复一年，总是你最先来临我们底国土，你，你可欢迎的客人！可是，今年，这里没有春天。

我将以什么祝福你呢？我祝福你强健，祝福你带来一些火热的阳光和一些有着颜色的花朵。

当我引颈遥望，想象着为古昔的沙皇所控制的西伯利亚底囚房，我是失去血色了。我底手僵硬无力，经不起冰和雪底冻结。

你将带来一些什么呢？寒冷与饥饿是我们所习见的礼物。

然而，今年，你是来得太早。

今年，我没有祝福，也没有歌唱。

你将带来一些什么呢，啊，春天？如今，我们这里正是严寒。

你只是给了我一丝温柔的笑和一线和暖的光。

你是想将我关闭在温室，使我在水蒸气里生长起来么？

唉，水蒸气只使我苍白而且枯萎，我是不惯于室死在和暖的温室。我需要暴烈的火焰同阳光，正如一树在山野生长的玫瑰。

祝福你呀，祝福你能强健，祝福你能带来一些火热的阳光和一些有着颜色的花朵。

我将听取你底呼声荡过冰雪的草原；我将细察你底足音踏过冻结的河水；我将欢迎你底怒马似的驰驱，来到我们底荒凉的田舍。

你将不会来迟，不会等到玫瑰花已经开过的季节？

然而，今年，这里没有春天。

今年，我没有祝福，也没有歌唱。

一九三五年一月
选自文化生活出版社 1936 年初版《鹰之歌》

原　野

原野是一个大的摇篮，又是一个古老的坟墓，原野上总是笼罩着静寂。原野里隐藏着无数的世纪。

祖父在这里耕作过，父亲也在这里耕作过。无数的世代耕作着同样的田野，得到同样的报酬。时候到了，活着的人们负着死去了的，送到山丘上去。

山丘做了过来过往的人们底指路碑。

祖父用芦苇梗和柳树条抽过父亲底背脊。父亲也像这样抽过我底背脊。我咬着牙，忍受着父亲底愤怒。父亲领了过多的田地，超过了他底气力所能担负的分量；为着过分的辛劳，父亲变得愤怒了。

等我能耕作父亲所领的那样多的田地的时候，一家就会幸福了！——我这样想着。土地就是黄金，这是父亲时常说的。

然而，在芦苇梗和柳树条底抽打之下，我却渐渐地变得忧郁。

原野不是明媚的，而只是一个沉重而黑暗的阴影。

“土地是黄金。”是的，土地可不就是黄金？不耕作土地的人是不能活的啊！

——可是，兄弟，我们可能拾起一块干土放到口里，教肚子不要饥饿？我们可有一个仓库？可有一个土围子存蓄我们底粮食？

我变得烦恼了。原野底儿子是愚笨而且单纯，不知道解答问题的。只是，原野底面目我却熟悉，从我出生直到现在，我是生活在原野之上的。

我耕作着，如同我底祖父和父亲一样，在原野之上。原野可不是没有改变么？祖父是像那样耕着田，弓着腰，住着茅屋，年年希望着能买一头小黄牛，于是慢慢地老去，呛咳着，一直等着躺到床上，把眼睛倦怠地闭下。父亲也是像那样。

一代一代地过去着，原野重复着同样的故事。一代一代的人将祖父们和父亲们送到山丘上先人所在的地方去了以后，又回到田野工作。

　　"除了像这样，还能够怎样？"

　　从摇篮到坟墓，有芦苇梗和柳树条在背脊上面抽。

　　而无数的世纪就被淹埋在原野底背后了。

　　原野忧郁着，秋风在吹，夜静悄悄地，艰难地移动着脚步。

　　原野底儿子们叹息着，不能忍受芦苇梗和柳树条。

　　过去的世纪是应当完结的。原野痛苦地生产着新的子孙。

　　一代一代地过去着。先人们埋骨的山丘也会有被铲成了平地的一天。

选自文化生活出版社 1936 年初版《鹰之歌》

狼 嗥

野之号叫！豺狼全下山来了，在静夜。

被饥饿所驱逐着，冲突，向着田野，无数的狼，红着眼，拖着瘦长的尾巴。

嗥着："世界是要毁灭的！"

天上没有片云，有的只是繁星和一钩镰刀月。

不下雨的日子，从繁星到火热的太阳，轮回了六十五次。

"是不平常的年头啊！这年头，是不平常的年头啊！"

号叫的村庄，被恐怖所包围了。

狼嗥着，在旷野，红着眼，拖着瘦长的尾巴。

"我们饥饿！"

于是，嗥着，冲突着，红着眼，拖着瘦长的尾巴，大群，向着田野奔去。

是夜呀，是没有片云，只有繁星和镰刀月的夜呀。大群，向着田野作出了冲突。

"生路啊，死路啊！不能管到生和死，因为我们饥饿。"

瘦长的影子，巨大的群——喘息，而且嗥叫，移动着，奔跑着，冲突着。

田野里占据着饥饿的大群，伸出了瘦长的舌头，仰望着天上。

天上，有的是星群和一把镰刀。

奔跑着，冲突着，前面，是龟裂的田野。大的群移动着了。

无数的狼，红着眼，喘息着，而且嗥叫。

“我们饥饿！”

村庄战栗着：
这世界是不能不毁灭的呀！

一九三四年九月
选自文化生活出版社 1936 年初版《鹰之歌》

秋 夜

　　四个人在田间的小径上移动着，如同四条影子，各人怀抱着自己底寂寞和世界底愁苦。

　　月色是迷蒙的，村庄已经遥远了。

　　小溪之中没有流水，田间没有庄稼。

　　路旁坟上的古柏，在月光之下显得更其憔悴而苍老了。

　　惟有秋风是在忧愁地吹。没有夜露。

　　没有目的的旅程，向着什么地方去的呢？世界是一个大的荒原。

　　只是如影子一般地沉默着啊。

　　低着头，看着自己底影子没在黄尘之中，想着被留在故乡的人们底命运。

　　往古的日子回到记忆中来，那些日子，如今是不会有的了。

　　于是，脚步渐渐地移动得更为缓慢。

　　往日，那是什么日子？只要把种子撒在地上，就是收成。手和足还有什么用啊！

　　村里的人会酿酒，会织布，会笑，会唱歌。

　　工作里面有着快乐。只要得到了五串钱，可不是就有一亩自己底土地？

　　青苗是可爱的，土地散发着芳香。

　　然而，土地却渐渐地变成荒芜，渐渐地不属于自己了。

　　四个人寂寞地移动着，如同四条影子。

　　乌云却围合了上来，罩住了整个的大地。

　　"就是能够下雨吧，下雨又有什么用？从枯槁的干草和别人底田禾里能够希望收成么？出去了的人就没有能够回来的；从往古直到现在，永远是这个道理。"

于是，沉默地走着了。走向不可知的土地。

在心底，不知觉地闯入了客死他乡的哀愁。

寻水的田蛙被饥饿的土蛇追赶着，发出了哀哀的鸣声。

秋风在田野之中作着不可以理解的咒语。

"黑暗里面还有前途么？"

于是，哀愁的心如铅一般地沉落了，给每个人加上了重负。

移动着，寂寞地，四条影子，被埋在黑暗底怀中。

一九三四年九月
选自文化生活出版社 1936 年初版《鹰之歌》

松 林

松林不断地喟叹着，说着我父亲底声音。鸟鹊在月下鸣噪了——不安定的今夜晚啊！

有我父亲底脸面现出来，朦胧地，好像是挂在松林底那一端，一个枝丫上头。

父亲仍然是有着那一张忧郁的脸。

被遗忘了的死去的父亲底脸面，又出现在这异乡的松林之中了。

在那时，父亲还是中年，然而，也会常常忧郁。父亲带着我走过村庄南边的松林，小山上面，乳白色的径路，在月下蜿曲着。

父亲突然停止了脚步，眼睛沉重地望着一个枝丫。

"老三，可还记得祖父？"

"不记得了。"

父亲望着我，迟疑了一会儿，似乎是不知道应不应当引起我底记忆。

松林喟叹了，父亲底眼睛湿润着被忍住的眼泪。

父亲低着头，似乎是对自己说着，声音低而沉重：

"祖父是一个长工，一个能干的长工……"父亲停止了，不能继续下去。

我直视着父亲底脸，但是，父亲仍然是低着头。

"后来，祖父得了痨病，不能当长工了。祖父没有一升一碗田地，只有我一个儿子，一个养不活祖父的儿子……在五十二岁的时候，在像今天的一个夜晚，祖父用了到松林来捆松柴的绳子，把自己吊死了，就在这个枝丫上面。"

我没有说什么。我只感觉我底喉头哽塞。我低着头，看着父亲身边系的一条腰带。我模糊地意识到父亲也是一个忠实而能干的长工，只是有着痨病；而我，则是在我还没有生出以前就命定地被派成了一个终身的长工的。父亲也是没有一升一碗田地。

“我今年四十二岁了，老三。”父亲继续说着，呛咳的声音如同野狼底嗥叫，震彻了整个松林。

不久以后，父亲就没有长工可做。

松林唔叹着。父亲并没有想出他自己底处理自己的方法。

在父亲承继着祖父底方法，用自己底裤带将自己吊死在松树枝上以后，我就流落到这个城市来了。

在这城市中，我是懦弱而畏怯的少年人。我害怕着人们底陌生而敌视的眼睛，我更害怕着那静僻的马路旁边的野梧桐树底枝丫。野梧桐对于我是比松树枝还要可怕的植物。

无论在乡村和城市，都有着两个世界。

有两条路横在前面。我祖父和父亲指示了一条。

松林不断地唔叹着，在这都市底边沿。

世界是静止的，同时，又是在沸腾着了。

一九三四年九月

选自文化生活出版社 1936 年初版《鹰之歌》

闹 市

这闹市，它吸干了我底血液，使我衰弱而且怯懦。在闹市底边沿，我寻着那静寂的道路，在昏黄的灯光下面踏着，让我自己听见我自己底足音。

工厂已经死寂，投下黑暗的阴影，横过路边。我底脚沉倦地踏着，踏着，踏在车轮所留下的迹印之上。

我感觉寂寞了。

闹市，它将我底乡土投到了另外的世界，我听不见亲切的故乡的语言，看不见邻人底仁慈的笑貌。

我有着大的手和大的足，这是我父亲遗留给我的产业——我也是个农民吧，我父亲底缘故。然而，如今，我是在寂寞之中彷徨着了。

市区底外边，从田野吹来了凉的风。憔悴的玉蜀黍在晚风之中摇曳着了。

——是秋天啊！

故乡在什么地方？——一个遥远而凄楚的梦。

故乡底人们如今是在收获着么？收获的歌声是遍布在寂静的田野么？金黄的穗和雪白的棉朵是在晚风之中飘荡着植物底芳香和土地之气息么？

——不，故乡，连最后的一滴溪水也干涸了。

呻吟着而且叹息着的故乡底田野，那是一个不安定的战栗。被驱逐的故乡底少年人，不久，也许会结着伴而来到这漠不相识的闹市了吧？

从闹市可以学习到什么呢？——人们说着：到城里去！

吃惯了树皮和草根的口，难道是要来学习吸进灰尘与煤屑了么？

人们会慢慢地学习着，看惯发生的新奇的事情，听惯被呼喊出来的新的语言。

于是，闹市张大着巨口，将人们吞了下去，吸干他们底血液，使他们变得衰弱了。故乡慢慢地变成了一个沉重的梦，土地底芳香将是一个遥远的诱惑。然而，大家都是没有了土地的人了啊。

集结着在工厂底近边，工厂却只是悄然，没有声息；烟囱，它变成了一个永远的惊讶与永远的疑问。

——兄弟，闲着是不行的啊，像这样闲着。

——是的，兄弟，闲着是不行的。谁愿意像这样闲着？

——回乡下去不好些么？

——好什么？回去只是送死。

——……那么？

——还有什么"那么"？

——这世界……

——就是这样的世界！

交换着问答，摇摇头，沉默了。

秋，在黑暗之中缓缓地降落，落在玉蜀黍底细长的叶上，奏动了簌簌的响声。天上，没有星和月。

是秋天啊！

在市外的田野之中，我沉倦地踏着我底脚步，而感觉寂寞了。

故乡已经平静地安息了么？孩子们已经睡眠了么？在星光之下，有故乡底人们甜蜜地躺在禾场之上，闲话着家常么？

一颗流星冲破了黑暗的空际，划出了一条锐利的红线。

——不，故乡底人们如今是伏在田沟之中，正在等待灾难底降临了。

秋风吹拂着，在市区底外边。

我感觉忧郁了。

——秋风，你说着什么话？

——啊，我不懂啊，秋风，你说着什么话。

一九三四年九月

选自文化生活出版社 1936 年初版《鹰之歌》

青 蝇

　　市边区，马路底尽头。在记不起来的往日，人们惯常将垃圾往这里运送。当垃圾堆成了小山，于是有人在上面建造房屋了。房屋自然地形成了一条弄堂。一条污浊的水沟从弄堂旁边流了过去，永远发出着难闻的恶臭。

　　是溃烂的都市底边沿！溃烂的都市底边沿吸引着青蝇，而青蝇就麇集在这溃烂的边沿上头。

　　我是这样的一只青蝇，被人呼喝，被人憎恶，被人驱赶。而当我疲倦于踏遍全市底马路去找一个可以安顿我自己底身躯的地方以后，作为一种必然的归宿，我来到这弄堂之中了。

　　"阁楼上空着。高兴，就住下罢。两块半，不可以再少。大家体面人。"

　　于是，我住下来了。

　　弄堂里住着粗暴的人们，粗暴，没有礼貌，被人瞧不起，因此也爱骂人，爱咒诅，脸上老是表现出愤恨与残酷。然而，又是多么温和，多么良善，多么没有恶意而有着忍耐的美德的人们啊！

　　忍耐着，咬着牙，昂起头，按一按自己底胸膛，将冰冷而似野兽一般的眼光扫了一下自己底女人和孩子，于是，低下了头，沮丧地朝着破褥子倒下了。

　　"咳！这年头，不是人过的日子，这年头！"怨望而叹息地说。

　　这年头，比不得别的年头了。去年，弄堂里有一家酒店，前年，还有一家烟纸店，上前年，还有一家小米店。然而，如今，弄堂里的人们已经失却买卖的兴趣了。

　　弄堂沉默了起来，人们全挂着忧郁的脸。

　　孩子们悄悄地拿起铁罐或者竹篮，出发到附近的垃圾堆去，不笑，不骂，也不争夺，垃圾堆里已经没有可羡慕的收获了；而少年的男子们，则躺在破褥子上头，全没有出去看一看的意思。

黄昏以后接着的是黑暗。而更为深重的压迫就埋伏在秋风和秋雨底暗云之中了。

老虎灶旁也使人感觉了凉意。

楼下在灶披间里开设的翻砂厂早已封闭了火炉。

敲着竹片的卖馄饨的人已经去得远了。

细雨，随着风，倾斜着落下。

静寂而且黑暗。静寂与黑暗之中鼓动着不安定的呼吸。

是谁底孩子哭了，绝望的哭声打破了静寂而黑暗的夜。饥饿底火在猛烈地燃烧了。于是，轮到了母亲底恶狠的咒骂。

——怎么还不死啊？死了一世界！

暂时的沉默，伴着淅沥的雨声。

于是，艰难而沉重的呼吸，起伏在胸际，忍耐着，压迫着，窒息着——辗转着在被褥子上的男子终于迸出了一声深长的叹息。

——快死的啊！都是要死的啊！

我战栗着，在阁楼上面。阁楼是黑暗的，黑暗而且狭隘，转不过身子，伸不直腰。如同一只鼹鼠一样，我躺着，躺在薄弱的楼板上面，蒙着头，想忘却了那些噩梦一般的思想。

而雨声就变得更为淅沥，风由晒台上面，通过了板壁，一直贯了进来。我试着将自己底手和足作出最大的蜷缩。

夜变得太长，长到光明底希望在沮丧的等待之中渐渐地灭绝了。

我想到世界和我。世界是黑暗的，而我是在这里蜷缩着，如同一只鼹鼠。

生活，如同浮在无际的水上——我想着。生活，是在往下沉，往下沉，沉到自己会被淹没得无踪无影。无际的水上是没有道路的。

我想到了海，和海上的狂风，和狂风里的船只，而蜷缩着的身体就不自主地发出不可抵抗的寒战了。

——一间烟纸店关门了，人们不再有口里衔着纸烟的余裕。一间酒店也关门了，但是，该有多少泥醉的汉子用烧酒烧着自己底饥饿的身体啊。我胡乱地想着。

于是，我底思想转向了那个在那灶披间翻砂厂里当着学徒的孩子。我感觉那孩子是有着过分的忧郁而没有一个孩子应有的活泼，除了他底手艺上的灵巧以外。

而夜晚就迟迟地过去了。如同崩溃了堤防一样，四面的工厂一齐发出了高声的悲啸。黎明是艰难地回来了。

我支持着昏倦的头，爬出了我底阁楼，走到水管旁边，想用凉水使我变得清醒。

当我走到那灶披间，灶披间里已是空着了，人去了，工具被移走了，只剩下了一堆煤屑。

我感觉寂寞了。

那忧郁的孩子？他不会再来。在秋风和秋雨里，他会在马路上面徘徊，或者，在垃圾堆旁看着别的孩子从垃圾堆中拾起垃圾。他也会伸出手来，从垃圾堆里拾起一块生锈的烂铁片么？不，他会感觉惭愧。他是有手艺的人啊。然而，这世界将不会同情他底骄傲。在夜晚，他将倒在任何地上，而咒诅这世界底残酷了。也许，他将不能忍耐，而愤怒地去找出那不能给他工作的人们，而将他们底头发撕掉。

在迷蒙的细雨之中，污浊的水沟发出腐烂的恶臭了。

弄堂是由垃圾堆里生长出来的。

我们全都做了一只青蝇。

一九三四年十月

选自文化生活出版社 1936 年初版《鹰之歌》

无业者

倚着楼窗，在这凌乱的小房，心里感觉到烦恼和愤怒。

望出去，是熟识的烟囱。黑烟汹涌着，弥漫着成为大团。在斜射的阳光之下，烟随着风，向着我底窗前吹来，黑色的小粒如同阵雨般地落下，落到我底头上，落到我底胸脯，我底手臂上头。

十三年煤火上熬煎着一般的生活，使我习惯了煤烟屑和它底重量。

空际，烟云波动而且起伏，幻出了奇异的形状。在那里，有着我底不可捉住的思想。我底心如同一只窒息着的火炉。

淤塞的污水沟伏在我底窗下，在黄昏里发出恶浊的水蒸气。我凝望着那死的水，想着我所居留的小房，而感觉烦恼与愤怒了。

为什么愤怒？一个人还有愤怒底权利么？

"人"？一个"人"？不，不是一个人，已经不是一个"人"，而是一条被剥去了一块皮或者打折了一只腿的野狗啊！

明天——明天在这都会里就会又多出一条野狗了。从这凌乱的小房爬了出去，再也不能进来，只有在街头徘徊，去回想那十三年煤火上的煎熬了。

人吃人的世界！不让人活的世界！

"有一天，当污浊的死水变成了清洁的河流的时候……"

我愤怒。

然而，我呛咳，我底浓痰之中鲜明地现着殷红的血丝，这是不用在强烈的阳光之下也可以看得明白的。

我还有救么？还有希望么？还能够不让我底身体永远安放在这死水旁边么？

从黑的烟云下面你抬头望：汹涌着，流滚着的是一团一团的黑暗。那就是黑暗。太阳是会被遮蔽了去的！

天际，遥远的天际里，有着我底思想和愿望。我愿这烟云弥漫的天空会变得明快，愿污浊的死水会变成奔放的河流。

然而，我底浓痰之中鲜明地现着殷红的血丝，我不能压下我底不可抑制的喘息。在急促的呼吸之中，我底心头燃烧着一些熊熊的火焰，我搔着我底被煤烟屑压重了的头，疯狂的思想在我底心头澎湃了。

"一条狗在被人追杀得没有去路的时候是会发出绝望的咆哮，会露出了牙齿而现出豺狼般狰恶的脸面的。"

我伸出了我底仍然有着血色和紫筋的手。可不是仍然是壮年的伙子？然而，十三年煤火上煎熬着一般的生活却使我底身体吸收了过分的火气，使我底永远干涸的喉咙里在这样早的时候也会凝着浓的痰，而且痰里还会带着殷红的血丝了。

我哀悼着我自己，如同哀悼一条被人打伤的野狗。

"明天得搬走了，明天就得从这凌乱的小房爬出去，而离开这又亲切又是我所憎恨的污浊的水沟了；明天，我将如同一条生了病的野狗一样，拖着无力的尾巴被迫杀着，连涎水也滴不出一滴来了；明天，我将在任何地方去找一个可以容许鹄立的墙角，而咀嚼着我底愚蠢的思想了。"

我抬起头来，望了天上，灰暗的空际缭绕着黑的烟云。喘着气，我举起了我底手。

"为什么不吐一口浓痰，或者吐一口瘀血？为什么不咬着牙，伸出豺狼似的爪将那黑色的云块扯碎？"

我呛咳了一声，吐出了一口鲜血。

然而，我感觉黯然了。

明天？明天就得从这凌乱的小房爬出来，携着污暗的鲜血，而向着任何地方去了。

一九三四年十月
选自文化生活出版社 1936 年初版《鹰之歌》

夜 店

在寒风呼啸的夜里，拽着疲倦的腿，沿着碎石子铺成的高低不平的路，我如同一个永远也不休息的旅人，向着市外暂时寄住的家走了去。一天，又是这么一天过去了，昏沉沉地，跑完了一切的马路，看完了一切的嘴脸，听完了一切慈悲而令人感激的教训。

"别那么抖着呀，朋友！抖着有什么用？年纪轻轻的，有的是气力！像这样，瞧罢，像这样，撼起一块石头，扛到肩上，走它三里五里，还怕不出汗么？"

真是办法呢，将石头扛在肩上！肩上没有石头是不能过生活的呀。撼着，扛着，身上出了汗，眼发了花，脑袋要涨破——奔跑着，在马路上头，撼完了每一块石头，那么，这一天是到了应当完结的时候了。

寒冷么？发抖么？在这世界上，不知道寒冷和不会发抖的人，也正多着呢。

是的，忍受就是生活，而且，这世界就是建筑在人们善于容忍肉体的苦难这伟大的精神上头的。在马路上，可不是有着无数的人在肩上扛着石头奔跑？是多么宽阔的肩！是多么会扛重负的人们啊！

我停立在寄住的小店底门前，用了永远也不会发起热来的手抚着门板，从门缝里窥见了室内的火油灯。昏黄的灯焰苦闷地燃烧着，黑烟如同污浊的叹息，直往上冒，蒙蔽了透明的灯罩，使得室内现得异样地惨淡。

一堆一堆低矮而腐朽的房屋全死去了。黑夜底影子扼住了每一个人底咽喉——在这时候，谁是应当叹息的？而且，为什么还能有叹息？

我轻轻地掀开了门，默默地钻了进去，正如在清早逆着风从这门里钻了出来的时候一样。

奄息的炉火还疲倦地燃烧着，炉旁蜷伏着可怜的憔悴得如同一个幽灵的老婆子。她以睁也睁不开的眼睛凝望着沸水壶中发出的水蒸气，想到了死去的年老的伴侣和不知怎样就没有看见回来的壮年的儿子，忽然，就不自觉地哭出声来了："在以前也是有过好日子的啊！"

牌客们苦攒着眉，瞪着眼，歪着脑袋，把污秽的手指伸了出来，抓起了一块沉重的竹牌，手发着抖，思索着，苦恼着，怀疑着，不知道是自己决定了命运或者是命运要来决定着自己。

沉默着，计算着身边所残余的工钱，规划着日子是应当怎样挨过，想着在这样的世界上活上一天也就等于没有活过，而望着这整整的一生，只如同一块牌从手指中错误地扑了出去，一个命运的打赌就这样惨败了。

没有欢笑，没有言语，抚着牌块，如同战场上的兵士抚着自己底伤口一样。生命底打赌，一次又一次地失败了。人们屏着呼吸，在沉默之中作着生与死的斗争。

老婆子呜呜咽咽地哭了，抽搐着，不断地摇着头，好像疯子一样。

"嗯，死了……嗯，不见了……年纪轻轻的也都找不到活干。呃，姓刘的客，今天怎么样？嗯，说呀，告诉老婆子呀……老婆子是好人，老婆子疼你呢……嗯，你真好，不爱说话，又不喝酒……呃，今天怎么样？有活干么？嗯……呜……老婆子真是苦命人啊……"

唉，我将告诉她什么呢？告诉她说这世界只是堆满了无用的石头么？或者，告诉她说把石头扛在肩上在马路上面奔跑是一种羞辱而沉重的担负么？我不如说我底脚已经冻得冰冷，是需要一盆沸热的水来把它们烫得温暖一点。

说起这生活。哼，生活？生活，就是肉体底残害！一注下了下去，于是就把血和肉来作着零的和整的抵押了。谁来接受这无价值的多余的物品？简直没有人愿意把这些生命底抵押品偏着头来作出一个甚至于是很粗略的估计。

"滚开，别多话！明天来看。年轻的汉子又怎么样？这样大的地方，还怕少了你一个？好宝贝！"

而那不知怎样就没有看见回来的壮年的汉子底影子就浮现到我底眼前来了。

可怜的寂寞的老婆子，她能知道她壮年的儿子底下落么？她将永远也不能够，除非她也能走到那幽深的、黑暗的、没有底的人和人并排挤着而呼吸着那自从有了建筑物以来就从来不曾流通过的空气的那个角落去——除非她也奔到了那个角落，她将不能知道她底壮年的儿子有了怎样的下落，并且是怎样在那里躺着，以充满着信念的眼睛仰望着一个遥远而不可及的光明的明天。

将生命和命运打着赌的人啊！在普遍的世界之上掀起了血和肉的斗争，仰望着明天，信任着未来，如同怒马一般情激而热烈地奔赴着一个目标，一个惟一的目标，而血和肉就在忧郁的时日里变得模糊起来——尘归于尘，土归于土。

牌客们散去了，疲倦地，没有欢笑，也没有言语，一整个世界底沉默压了下来，使得每个人底嘴唇惟恐不能闭得更紧。

"明天啊！明天该是发工钱的日子吧？"

夜是恐怖地静寂的。老婆子如同一个游魂，在昏黄的灯下闪来闪去，不住地发出低声的呜咽，如同一个疯子。

"嗯……呜……我底儿子……姓刘的客，你可见到我底那个好儿子？他可不是陪着你每天在面馆里吃面？嗯……呜……姓刘的客，你今儿可是一个人吃面的……"

我抖了一抖，觉得眼前的油灯是整个地熄灭了。

饥饿能使人变成什么呢？当宽阔的肩上扛着石头，从这一条马路底开头走到那一条马路底末尾，头涨眼花而且全身出着冷汗的时候，人们怎么还竟能有着如鸵鸟般负重的气力呢？

在黑暗里，我独自回忆着一段新闻了：一百袋麦粉，在两小时以内变成五千磅热烘烘的面包，分配给二千五百个等待着面包的人。哼，那才是奇迹呢！

我擦燃了一支火柴，让那微小的火光照明了这破败而暗淡的房屋。老婆子是倒在炉边昏然睡去了，身体蜷曲得如同一个泄了气的圆球。

"等不到明天的可怜的人！然而，不到明天是没有面包的啊！"我想着，而同样地昏然睡去了。

一九三四年十二月

选自文化生活出版社 1936 年初版《鹰之歌》

打铁的人

打铁的人们又尖着嗓子唱起那猥亵的小曲来了:"奴在呀,房中呀,打呀——牙牌呀……"模仿着女人们底声调,分外刺耳。为什么老是唱着这同样的小曲呢?难道除了这个就没有别的可唱么?而且,每次唱到那"咿呀而哟"的时候,连那年老的一个底沙喉咙也参加进来,那合唱就显得更为可笑了。他好像还不大知道在他这种年龄原是不适于唱这种充满风情的小曲的。

空气是沉闷的,沉闷而且令人疲倦,因为这正是一个七月底午后。太阳很好,很使人觉着夏天底热力,天空是异样地蓝,蓝得可爱。并排地列着的市房,以前曾经住满过人的,现在多半空着了,除了这一间有着打铁人底断续而不奋兴的歌声以外,其余全都静默着。污水沟横在市房前面,终年不会流动的,只是在下雨的时候积满了水,在有太阳的日子又慢慢干去。

野草一丛一丛地在水沟旁边生长着,在阳光之下显得苍翠、茂盛,而且重浊。几头羊在水沟旁边牧着草,似乎是从来就没有人去照顾它们的。

于是,火车急驰而过了,留下一阵浓烟,而羊群就完全隐没在黑烟之中了。

——连羊也要给烟熏的!看羊瘦成什么样子?为什么不把它们引到草场上或者山坡上去呢?难道那不是更好的地方么?

——打牙牌!打牙牌!有什么可以这样快乐的?

这样想着,对于打铁的人们就忽然厌恶起来了。

打铁的一共有四个,全是属于一个家族,是前不久从乡间出来,不知给谁安置在这厂屋旁边,专门打些零件的。两个正是壮年,但另外的两个,一个是太老,一个则太小了,至多不过十岁。初来的时候,这些人整天敲铁锤,扯风箱,给谁打伤了似的整天"唉!哼"地叫,但是自从铁厂停工以后,却整天唱起打牙牌来了,或者老头子埋怨着壮年人,壮年人就打着小孩子;有时,是两个壮年人互相殴斗,小孩子就站在一旁怪声叫喊:

——打架啊!要打死人的啊!

打架，人类底天性！二伯就是在那一年和五叔争水，给五叔一锄头挖倒在田塍上，再也没有爬起来的。虽然后来五叔把仅有的五斗田卖了钱赔偿给和事老和二伯妈，但在当时，在一滴水也许可以侥幸地救活一根稻苗，而一根稻苗也可贵的时候，五叔和二伯有什么办法可以不打架呢？

我想起二伯和五叔都是老实的农民，当收租的下乡来的时候，都是一样恭顺地把最后一粒谷子也捧出来，并且亲自一担一担地送到镇上去的。然而，二伯竟给五叔一锄头打倒在田塍上，而四年以后，五叔也没有得到好死。从哥哥底来信里，知道五叔因为不安分，给团防抓去，解到城里去枪毙了。

在老实的时候，还是那样贪婪、暴戾；在不安分的时候，会变成怎样呢？

我把哥哥底信拿起来从头再读着，那拙劣的信是永远也读不明白的。字迹是那样潦草，所说的事情又极其琐碎，但是，一些显著的数字和一种恐惧和不安的情绪，却证明着就是并无一升一角田地，连鸡也不养一只的种田人，也竟有许多奇异的忧虑和担负了。哥哥又说今年底雨又下得不得时，老秧是枯黄了以后才插下去的，就是能有六成收获，也不够偿还租谷；铁厂里如果有事干，就要出来当一名小工……

真是再糊涂没有的想法！出来做什么？铁厂关门了。就是不关，也不见得能够进得去。住过职业学校，又在厂里做过五年的人，结果只有闷在这小楼上，何况哥哥是除了种田以外别无本领？我几乎恨恶我有这样一个哥哥，虽然他是那样老实。

"咿呀而哟"的声音是愈来愈难听了，简直变得和哭泣一样地单调，使人忍不住要头痛起来。

我愤怒地把头伸出窗外，大声对下面喊着：

——喂，不唱好不好？什么事这样快活？

听得到的却只是嬉笑似的回答：

——又不要你把钱呐，哪唱不得？莫摆架子沙，伙计！厂关了，大家一样……

接着，就是老头子底沙音：

——大水把一家人都淹死完了。哪个快活？

我抖了一抖：我们全是没有退步的人了！

一九三五年七月

选自文化生活出版社 1936 年初版《鹰之歌》

檐铃曲

有风吹来的时候，檐铃就叮叮地响着了。古暗的生活啊！每一次听了檐铃曲，就默默地计算起来在这幽暗的屋子居留过多少时日。

是什么时候进了这屋子来的呢？在整个悠长的岁月之流中，那真如同一个不能记忆的长梦。在这里，我消失了我少年的心和绯红的颊，我模糊了我所从来的明媚的家园，而变为疲倦而无生意，变得非复人形了。

望着冬日的淡淡的阳光从铁的窗槛斜射到古旧斑驳的墙壁，投着惨淡而抑郁的暗影，我止不住地想着了：家园是明媚的，兄弟们全有着勇敢和力量。然而，我什么时候才能从这里走出去，回到我兄弟们底怀抱呢？墙上黑影底转移，是说着人底岁月之有限呢。

檐铃响着，我底计算就在那摇曳的叮叮响声之中迷乱起来了。轻轻地抚着背脊上被烙印的新痕和旧痕，就知道即使时日不催人老，自己底头发也应当已经变得斑白了。

然而，兄弟们总该还是健在的吧？祖父们也许早已不再过着从前那样苦恼的日子？——得不着一个回答，便想托檐铃随着风带个信去，说羁囚异地的儿子已经在嘴上生出了微髭。

一九三五年二月
选自文化生活出版社 1936 年初版《鹰之歌》

阳　光

阳光从栏杆缝里透了进来，给了我一丝的暖意。惨白的无力的光，这就是人们所说的春天底消息么？然而，这是不明媚的啊。

记一记：一同在这栅栏里拥抱过的孩子到现在共有几个呢？一个一个全枯萎了，一个一个消逝了——消逝在阳光下面。

我忆念着他们，于是，我轻轻地踱着脚步——也许，他们中间曾有一人留下一个依稀可辨的足迹，或者一滴已经变紫的血痕吧？患着脑膜炎而疯狂了的那一个，他曾在那一角落里呕出过许多的吐沫。然而，我所寻得的却只是一团破败的蛛丝。

——他们全去了呢。去得远了……

阳光已被乌云遮蔽，只须一时，暮霭又将惠临了。阴冷的空气将使我发出抖擞，呼吸也将变为苦恼的。

一只麻雀孤零零地从栏前飞了过去。想起来，应当快是燕子回来的时候了吧？燕子有着如剪一般的尾，它是能剪断我底飘忽的思想的。

燕子没有回来；麻雀，你且留在我底栏边吧，这是不会有人干预你的。

我还想着能够有人送来一小炉的火，让火焰照红黑暗的屋角呢。

一九三五年二月
选自文化生活出版社 1936 年初版《鹰之歌》

夜　分

　　死一般静寂的夜分。想起这与世界隔绝的生活，是怎样也不能忍受的了。

　　世界变成怎样了呢？有生命活跃着和阳光照耀着的世界，现在不应当也是一样地沉睡了吧？然而，世界之上有着灾难，这里也有着呻吟。

　　睁开眼，向着黑暗，禁闭室如同一个无底洞，它吞食了我，使我感觉无休止的战栗。

　　夜是更深了吧？夜寒会一分一分地加重起来，卑湿的地上不容你得到一刻安静的蜷伏。我将做什么，在这静寂而寒冷的深夜？我将用污秽的指爪，挖掘着泥地来把我自己埋葬么？

　　然而，我还年轻啊！年轻的血液还没有在我底血管之中冰冻。血液腾沸着，只是我底喉管却已经窒塞。石油、植物油、动物底脂肪——可怕的刑具，它们使我底喉头充满了恶噎，连呼吸也感觉艰难了。我底指爪搔着卑湿的泥地，冷汗却渗透了我底额头。

　　可咒诅的啊！"一朵朵樱花被践踏到泥涂之中了。"

　　明天，邻室里那个终日呼喊着的孩子会羔羊似的被牵了出去。他们将让他见到他所渴慕的太阳呢，或是让他永远沉默？他那灰的眼珠和苍白的脸面是会从我底门前经过的。而我，我则将要永远数着太阳底沉落和升起，比较着日子底短和长。

一九三五年三月

选自文化生活出版社 1936 年初版《鹰之歌》

一个人底死

傍晚的时候，我搀着他出了简陋的茅屋，一直向着太阳斜落的方向走去。塌鼻的老妇人和几个不解事的小孩一直把我们送到村头。那情形是非常凄惨的。

"没有看见过这样的急痧，刮也刮不好。"老妇人仍然叹息着，"到镇上去看看罢，我看洋人也不中用的。"

接着，她又怜恤地说了："都是这样年轻的人呢！这样年轻！"

三天以前，从惊风骇浪里他带着我出了省城。我们底心悲愤着。天是酷热的，我们底行动又是那样匆忙，使我忍不住地发出了埋怨。在那时，是他安慰着我，提起我底精神。他说："你简直比萧跛子还不中用！"想到那穿了过大的竹布长衫的萧跛子，以两根拐杖慢吞吞地撑着，背上还驮着一个小包的神情，我真想立刻发笑了。

"萧跛子到哪里去呢？"

"南乡。南乡底农民他差不多都认识的。"

"我们呢？"

"我们到三盛乡里去。三盛老娘我是认得的。"

我站在路中间停立了一会儿。我感觉我底脚是酸软的。

"怎么样，明？"

我想不出话来回答他，然而，却不自主地轻声叹息了。

"不应当这样，"他沉着地说，"这不过是试验底开始。我们有一条又长又艰难的路。"

然而，在村中还没有蹲上两天，在这一正午，他却忽然得了这奇异的"急痧"，由头痛、肚痛，以至于全身痉挛，手指不断地收缩，口里发出不清楚的语言，只是没命地嚷叫，在地下打滚。老妇人用钢针刺了他底各个手指，又用铜钱刮了他底颈、背、手弯和胸膛。但这仅仅使他出了多量的汗，而慢慢地由苦闷的嚷叫变成了昏迷的沉默。

虽然是在秋收的时候，但是村子里却十分寂寞，几乎没有一个壮丁，连壮年的妇女也不大看见的。人们好像是在躲避着或者预备着一件灾难底来到。

"怎么办呢？"我绝望地、不知所措地说了（那正是一九二×年，那时我还年轻，对于世事也是全然隔膜的）。我望着老妇人，似乎是想从她那里得到一个救助。

老妇人只是摇摇头，塌陷的鼻子悲哀地震动着，表示着同样地没有办法。

时间迟迟地过去，太阳不断地向西移。他倒在竹床上，不时发出一声长的呻吟，但随即又咬紧了嘴唇，沉默了。我们只能当他每回哼过一声以后就把凉水浇一点在他底头上和胸上。望着他底遍身被铜钱所刮破的紫色的伤痕，我是感到凄凉的。

"诚，你怎么样？"

出乎我底意料，他忽然睁开眼睛望我了。多么疲倦，然而多么光彩的眼睛啊！他指了一指他底口。我知道他是渴得难受，就把凉水给他灌进了一杯。于是他又疲倦地阖下了眼皮，昏迷似的睡着了。

他底脸变得晚霞般地赤红，呼吸是那样急促，如同被人追赶着一样。老妇人时时用手轻轻地摸摸他底头额，但是，接着就绝望地把自己底头摇动起来了："不，不是急痧。你看，这样发热！"

傍晚的时候，他又睁开了他那疲倦而光彩的眼睛，并且低低地，然而清楚地问道：

"三盛没有回？"

老妇人只是捶摆头。

"那么，明，你送我到镇上去。在这里只好等死。我不要死。"

接着，又回忆地，而且好像讥嘲地说了：

"镇上有个济世医院，我记得的。幸亏没有把那帝国主义者底医院打倒……送我去，我不要死。"

我几乎是背负着他走了那三十五里的长途。镇上也是寂寞的，而且，已经是昏夜。站在那有着十字架浮雕的医院门前，老等着有人来开门却无人应声的时候，诚开始苦痛地呻吟着了。那不仅是苦痛，而且也是一种极深、极可怕的绝望。

"诚，安静一点罢！"我说。

“是的，我安静。和平日一样。”

终于，睡昏昏的司阍人把门开了，发着牢骚，愤然埋怨着不该在这样的时候来敲门，使人惊惊惶惶。

“医生在么？有急病的病人。”我谦虚地请求着。

“什么医生？”

“有外国医生么？”

“外国人敢回来呀？这样的世道！”

“那么，总有医生吧？”

“医生统跑了。”

门，砰然一声又阖上了，把我们留在完全的黑暗里面。

“诚——”我已经说不出话来，我不知道应当怎样对他说。但是，他好像反而安静了起来，似乎他已经知道了有一个怎样的命运在等待着他。

“扶着我，去找一个安身的地方——一个小旅馆。我底头会裂的！”

多么沉静的夜啊，沉静、寂寞、凄厉、恐怖！有时，从市上传来一声犬吠；有时，也有一两声疏落的枪声。诚呻吟着。终夜，我不断地把案头的煤油灯移到他底床头，照一照他底脸色。他底脸是赤红的，如同一团火在作着最后的燃烧。他呓语着，暴乱地转侧着。有时，甚至用牙齿咬着床板，发出刺耳的钝声。

“我不要死！”他不断地反复着。

我呼着他底名字，我喊着“诚”！但是他已经不知道是我在呼唤他了。他底眼睛充满着血丝，他底呻吟高而且长。我又能够对他怎样呢？我是这样年轻，我胆怯，我没有任何经验。我想捉住那暴乱地捶着他自己头部的手，但他底拒抗力却是出乎我底预料的。

“诚真是会死的么？——这样年轻，这样年轻呢！”我想着诚在几年以来所作的一切事情，和他所表现出来的一切善良的质素：勇敢、强毅、镇静，而且有着那么丰富的对于朋友的挚爱和热情。这些都不是可以轻易集中在同一个人底身上的。我想着诚所给我的许多好的影响，他是怎样如同一把火炬将我吸引了到他底身边。一个青年！这样的一个青年！然而，现在，他几乎变成一个狂人了。

我忍住眼泪，以战栗的声音试着再喊一次他底名字；我轻轻地喊着：

“诚！”

这战栗的声音好像一道符咒，使他立刻安静了。然而，这却是一堆从内部燃烧尽了的火焰，已经快到崩溃和熄灭的时候了。

他以滞钝的眼睛注视了我好一会儿，然后软弱地说道：

"明，我快死了——"

我只有默默地忍住抽泣。我相信他所说的是实话。

"我时常预备着死，但是，我没有想到我会死在这小镇上，这样的一个小旅馆里的——"

夜缓慢地逝去了。随着晨鸡底第一次报晓，一个人就这样死去了。一个青年，并且是这样年轻！

我坐在诚底不曾瞑目的尸旁，所有的思想都在我底脑中模糊起来了。

一九三五年六月
选自文化生活出版社 1936 年初版《鹰之歌》

归来曲

伐木人底斧声叮叮地响过浓密的山林，传到宁静的村中来了。午后的乡村是沉睡着的，空气之中罩着难耐的疲倦。

旅人归来了，在异地被当作了异乡人的，在家园也被当作了陌生客。

而旅人也觉得寂寞了："这，就是我底家乡么？"

——到后山去听一听松风吧，松风是亲切的。

松林之中，母亲底坟墓变成了一块平地。

世界是经过了如何的变迁啊。村南和村北已经全不是故时的景象，惟有古槐仍然那么老态龙钟地立在村前的池旁，见过了无数年代底种种经历。

古槐索索地私语着呢，说是去了的人没有再回来过，村里的炊烟是日日变得稀薄而且落寞起来了。

村子是静寂的，没有小儿女来欢迎远地归来的旅人了。

瘦瘠的黄犬躺在道傍，以似曾相识的眼睛瞟着归来客。

一九三五年四月

选自文化生活出版社 1936 年初版《鹰之歌》

乌夜啼

迟缓的脚步，沉重地踏着自己底影子。路是孤寂的。

天是一片大海，月亮浮在海当中。夜深了呢。

是回家的时候了。家——泥土筑成的矮屋；在家里，有人等待着轻轻的一声敲门。

村前的流水依依地响，月光倾泻在平静的水面。

破芦席抛弃在溪旁，无声地沉默着。是的，当家的在一月以前死去了。

于是，就站在溪旁，望着清澈的溪水，想着一生的命运也是像这样清澈的呢。

没有抱怨。不怨天，也不恨命。

人活着，是靠天吃饭的啊。

一生，从来不曾做过欺心的事，只是劳苦，操作，咬紧牙；然而，天欺人，连一个伴侣也不给留下呢。

轻轻地抚着泥壁，听见了年迈的公公底叹息，就止不住地流下了眼泪。

"公公，叹什么气？反正，是天欺人。"

月光从破壁透进屋子，照着虚空的土坑。夜深了呢。

一九三五年四月

选自文化生活出版社 1936 年初版《鹰之歌》

松林底故事

从幼年起，我就爱独自徘徊在松林里。妈说过，松林里有着红发的女鬼，但是，从幼年起，我就爱上了松林。

妈是松林底女儿呢。妈是在松林底怀里长大起来的。

"妈，山去，砍松柴哟！"

于是，妈就寂寞地笑了，轻轻地拾起壁下的斧子和麻绳，赤着脚向着松山走去了。妈有着矫健的身体和灵活的足。无论是晴明或是阴暗的天，妈都是要到山上去的。妈时时坐在松树底下，痴痴地默想，妈是有着心事的女人呢。

从幼年起，我就爱独自在松林里徘徊。松林是寂寞的地方啦。

我爱拾起一个松球，当作我底玩具。

"松陀婆婆，

滚滚陀螺。"

当松球寂寞地滚下了山坡，我就变得更为寂寞了。

于是，我听着松风底吼，松风吼着，如同波涛。山就荒凉起来了。

妈会寂寞呀。妈只是一个人向着山岩爬去。

妈还会回来么？

当妈感觉疲倦的时候，妈会怎样呢？

妈该不会躲藏在岩石之中吧？

我攀着松树底枝和干，在岩石上面向着山上爬。

山是崇高的呢，崇高而且遥远。

妈在哪里呢？妈是在深山之中了。

在深山的岩石上面，妈赤着足，背着松柴，寂寞地踏着，一步两步，不歌唱，也没有呻吟。妈是有着沉默的习惯的女人呢。

"妈，家去吧，云迷了山脚。"

于是，从远远的山巅，妈踏着轻而寂寞的脚步，回到山脚来了。

在映山红开满了山麓的时候，妈去到了深山就没有再回来。

妈把她底寂寞的笑容留在山上的每一根松树枝丫上头了。

一九三五年四月

选自文化生活出版社 1936 年初版《鹰之歌》

独　感

鹰乏了，憩息于山岩之上，沉默着，垂着双翼遮住她底爪子。

我看过鹰飞，也听过鹰底歌唱，而如今，鹰是乏了。

疲乏么？是的，有一日我也会变得疲乏起来，感觉得山路底崎岖不再适于我底脚步了。

到那时，我将默坐在险峻的岩上，虽有深壑在前，也再无畏惧的心思。

山雨会来的。我将不自主地流出感激的眼泪。

想一想长途的跋涉，千重水和万重山！但是，那些留下了什么痕迹？

日以继夜的烦恼只是将心灵剥蚀得更为贫困而且破落起来了。

山变得暴乱起来了呢。天风抖着山林，作着令人战栗的怒吼。（虽然是在草木繁茂的季节，我仿佛记起枯风扫落叶的时候了——

在那时，岂不有失群之兔张惶遁出丛林，现出忘方向的窘态？）

于是，我忽忙起立，去寻找我底路——

而山鹰则已腾飞于山头，发出凄厉的长啸了。

一九三五年四月

选自文化生活出版社 1936 年初版《鹰之歌》

梦

　　这分明是一个梦，然而，一切都是这样真切的。

　　他回来了，从遥远的地方回来了。他显得疲倦，但是在他底眼睛里却仍然停驻着那旧日的异样的光彩。

　　他不是更瘦了么？他底颧骨不是比从前更加突出了么？

　　他底面色不是更黝黑了么？他底眉不是比从前更浓，更紧皱了么？

　　我想着那万里的征程，几年的转徙，不断的斗争……

　　在一个夜晚，在和敌人打过了一个酣战以后，他也许还能跟着兄弟们再走九十里的长途，不会落在后面——白天，他也许是和他底兄弟们躺在某一个山石的洞里，躲避着从天上飞来的袭击。

　　他仍然和以前一样沉默。但是，他不曾忘记我。在这个都市里，他还在这样的一种掩蔽的衣裳下面到过我这里来。一见到他，我就认出他来了。

　　"你回来了，勋？"我握住他底手，轻轻地问。

　　"是的——"

　　"这里对你是很危险的，勋。"

　　"是的。可是我就要走了。"

　　你什么时候再回呢？"

　　"我……当我们再回的时候——"

　　他微微笑了，是那样从过去的悲惨里想到了未来的光荣的满足的微笑。

　　我送着他，走出门外。

　　"我们不是七年不见了么？"他忽然说了。

　　"七年，是的。"我回答他。

　　"这七年你怎么样？"

　　我怎么样？我将用什么来回答他？一切都是这样显明——这七年我一直还是这样。

　　我没有回答。我低下了头。我觉得我底心也在沉坠了。

他将一块黑布盖上了他底脸面，如同一个影子一般地晃到了街心。

他去了，去得遥远了。也许，这不是他活着回来了吧？也许，这只是他底已经停止了活跃的生命底影子？谁知道呢！

然而，一切都是这样真切的啊！

一九三六年三月
选自文化生活出版社 1936 年初版《鹰之歌》

夜间来访的客人

对着惨黄的灯光，看着一根根发颤的丝，听得街头渐渐变为沉寂，几乎连一叶落地的声音也竟能听出——于是，我知道夜晚已深，一天，将要过去到远远的望不见的地方去了。这样，心里就觉着寂寞。

我抱着头，如有所失。我不时走到窗前，望望窗外的街灯，街灯沉默着，只是如同一些苍白的沉默的眼睛。这使我更为寂寞。

零乱的书案和案上的一切摆设，那为了消磨生活和时日而摆上的那支细的笔和一些薄的纸，和那些书卷，在这时，对我全变得陌生了。我曾写过，我曾伏在案上，用那细的笔和薄的纸，也曾展开那些书卷，如同展开一些神奇的魔术的古籍，对着它们作出幻想。每一个日子是全都像这样消磨了去的。

我叹息了。

我希望有一个人来，一个近地的朋友，或者一个远来的客人。我寂寞。于是，我提起那细的笔，在纸上写着一些我所熟知的名字。

生活是怎样过去的呢？过往，是可以追慕，可以惋惜的；现在，却只是挨磨着，希望它能早早完结；而未来，则是在那美丽的希望之中迷糊了。

我轻轻地叹息了，想起了一句熟识的诗句，于是提起笔来，在纸上轻轻写道：

"如今，希望是写在水上的。"

"你又在写么？"一个声音突然在我身后响了。我感觉惊异，回转头来，无论如何，这应当是一个友人。然而，是多么生疏的一位友人啊！他挺起高长的身体，站在我底身后。他年龄并不现得大，应当不会超过二十岁，但是有着因为生活底折磨而瘦削了的脸面。那眼珠，是黑得放光的。他伸出大而油污的手，在我底肩头拍了拍。

"你不认识我么？"他微笑着，使得脸面现得更为瘦长了一点。

"——认识的。"一时想不出适当的话，我这么含糊地回答了。

"也许你不认识我，可是我是认识你的。你时常写，并且时常叹息。你很寂寞么，不是？"

"是。"——我微微起了一点困窘和不适的感觉。我点点头。

陌生的客人，却真像一个熟识的朋友似的，用那黑得放光的眼睛扫射我底书案了。他拿起了那张薄纸，缓慢地念着：

"如今，希望是写在水上的——"

他点点头，似乎努力想去了解那话语底意思，但随即说道："很好。"

我笑了。

"笑我么？"他并不觉得侮慢，却是严肃地问了，"笑我不懂你？"

他盯了我好一会儿，然后又望了望他自己身上的油污和蓝布衣服。这显然是一个长久与机器和车油发生密切关系的人，但是，却是这么年轻。

我困窘地摇摇头，竟后悔我不该笑那么一笑了。

"不，我懂。我每晚听着你叹息。可是，每晚你都是写出像这样的话么？"

……

见着我不能回答，他又接着说了：

"你白天写不写？"

"也写的。"我无可奈何地点点头。

"你白天也叹息么？那么，你白天也写的是这样的话？"

他又盯着我，用他那黑得放亮的眼珠。于是，他摇摇头，也叹息了。那声音好像是表示失望，也像是表示揶揄。我困窘着，我不敢和他说话，也不知道怎样和他说话。这陌生的来客是使我过于无所措手足的了。但是，他却开始在房里踱起步来，似乎是在想着些什么。

"你也是那种常在外面走动的么？"他突然站定，这么对我问了。

我不明白他底意思，只好瞪目对他看着。

"你看见人吃人肉，人喝人底血么？"他底脸面突然现得凄惨而且奋兴起来，"你看见么？你听过么？不，不，你一定听过，也许你竟看过给人逼死的人……但是，你不懂得。"

他又在我底房间里像一个老相识似的踱起步来了。我忍不住地问道：

"你要做什么，朋友？"

他应声停下来，但是，却不回答我底话，只是自己说着：

"你们是寂寞的人，是苦人。我知道。希望是写在水上的。我知道。这话写得很好。可是，你们能同样真切地写点别的么？我看得够了，我受得够了。我听着你每晚叹息，我听着你每晚写。你也许会流眼泪，是不是？寂寞！苦！受罪！为自己，为世人！但是，你能说得明白人吃人肉，人喝人血的事么？你能为那给人吃给人喝的人回答一些极简单的问题么？你能给他们——我们——一点真的奋兴么？"

他盯着我好一会儿。于是，朝着房门疾疾地走去了。我跟着他，想为他打开后门，并且看看他会走到什么地方去。但是，在我底房门外面的楼梯口上，他却停止了，再一次回头来对我盯了一次。

"你不能。你不能！"他疾忙说着，于是，指着楼梯下面的开着的阁楼，接着说下去，"我就住在这里面。我每晚听着你写，我听着你叹息。我也陪着你叹息过。我当然有许许多多可以叹息的事情。我有许多事情，我有许多给逼死的朋友和兄弟，我都想告诉你，说给你昕，请你给我写。可是，我想起来了，你不能写。你不能。"

他爬进阁楼里去，扭燃暗淡的电灯，把门板拉拢，而我就被拒绝在门板外面了。

夜晚更深了。我伏在案上，望着我所写下的一行字句。

"如今，希望是写在水上的。"

我把那张薄纸抓了过来，一片一片地撕成粉碎。

选自文化生活出版社 1936 年初版《鹰之歌》

急 风

外面，急风吹着横雨，中间还杂着雪粒，滴滴地敲到破了玻璃的窗门上；浪和潮在岩头碰击，增加着烦躁和抑郁。孤立的房屋是阴森而且黑暗，原来只是发着惨黄微光的油灯竟也闪不出一丝光亮地熄灭了。我蹲在屋隅，把头埋在手里，努力把眼睛闭紧，好像深怕眼睛一睁开来就会有无数的鬼影突然出现在眼前似的。

我厌恶这些鬼影。我厌恶它们。

日子，真不晓得是怎么过去的。这一天又一天，只是如同无穷尽的折磨。我厌恶这生活。我厌恶这么每天躲在屋子里，耗子似的蜷伏，并且正如败家的耗子一样，只是每日狠命地吸吮着而且咀嚼着自己底思想，当作生命底粮食。我抱紧我底头，我想象着，如果我真能有那么一天，从这孤立而阴暗的屋子走了出去，那么——

啊，无际的天，汹涌的海！

我打着抖擞，夜晚有些寒冷了，我把冰冷的手互相搓揉，使它们能够发出一些暖热，我用手探索着我底全身，好像一个准备站立起来却又感觉乏力而且衰弱的病人一样。

我不是太衰弱了么？摸抚着我底无力而僵硬的膝盖，我几乎不自主地打了寒栗。

在面前的，是眼睛所不能看透的阴暗。我向那阴暗注视着。我底注视是那样长久，使我底眼睛几乎昏迷。我注视着，注视着——

黑暗，黑暗，无穷尽的黑暗！

"黑暗以外呢？黑暗以外的是什么？"我轻声自语着，"倘若在那里能有一个空隙，我就要从那里穿越过去……啊，无际的天，汹涌的海！"

急风呼啸了，窗门开了，雨点和着雪粒无情地从窗外涌了进来；房门也开了，似乎有人蹑蹑地如同一个影子从海底那边飘进了我底房间。

我惊恐了，急促地问道："谁？"

"我，兄弟。"

声音是熟识的，是那样沉重，如同钟鸣。我听过这声音，但是我记不起来这是谁。

"兄弟，你忘记我了。"

猛然，我记了起来，这是一个兄弟，这是我思念着的一个兄弟。

"不，不，"我辩解着，如同遇见了亲人，"我记得你。我时常记念你。你从什么地方来？"

"从有风暴的地方来。"

"从海那边来的？"我呼叫着，"海那边！海那边！"

"是，兄弟！你还在这里？你还把自己锁在这里？"

"我？"我惶恐地回答，"是的，我还在这里。但是，我厌恶这样，我厌恶。这生活是无穷尽的折磨。"

他摸抚着我，用一双火热的、湿淋淋的手。我想看一看他底脸面，但是，在黑暗里我看不见他。

"那么——"

"我厌恶，我深深地厌恶！"

他握紧我底手，握得那么紧，使我几乎战栗。好像有雨点飘到了我底脸上，那好像是一滴鲜血，使我闻见了血腥的气味。

"那么，随我去！海那边去，有风暴的地方去！"

"去？"一阵风涌了进来，使我不自主地退缩了一步。

"是的，去！"他叫着，不顾我底退缩。"不要再留在这里！你瞧，你枯了，你瘦了，你把自己吸吮干了！唉唉，你底手！你底手这样冷！你怎么样了？你是这样枯瘦，这样软弱，你没有变得强壮一点！你抖擞。你冷？你厌恶这里？你要走？你想从这阴森和黑暗里走出去？你想离开这孤立的悬岩？那么，去！兄弟，你听，风在叫！外面是浪，是潮！去！去到那浪潮里面去！这悬岩会崩的，这屋子会倒的，你会跌倒得爬也爬不起来！"

我倾听着那浪和潮是如同奔马一样地吼啸。我战栗了。我颓然倒下，微微叹息了。

"等一等，我太软弱。"我底声喃喃着，急急抽回我底手，掩面哭泣了。

"是的，太软弱，我们全太软弱。"他同情地说，"但是，日子不是白白过去的。你摸我底手，这上面满是淋淋的血。一个巨浪把我和别的人打开了，将我撞到岩上去，我还来不及凝神看一看，来不及去攀一攀岩石，可是，又一个巨浪又打了过来，我底手在岩上刺破了，我底头——你摸摸我底头。"

风在叫着，岩石在震颤。我恐怖地伸出了我底战抖的手，摸抚了他底头和全身。他也伸出湿热的手来，把我底手紧握着。

"日子会把我们锻炼得强健起来的，你可知道？你不相信么？你只是战抖？你战着抖着就过完了这么许多日子么？——咦，为什么又把你底手缩了回去？你又要用自己底手把自己锁住么？你要回到你那墙角去？你不要出去了么？海那边，海那边，风暴里面！你惧怕？你胆怯？你舍不得你那阴暗的墙角？那么，你为什么厌恶？你厌恶什么？——你哭么？唉唉，我知道，我全知道。我见过了！你哭罢，你厌恶罢，你咒骂罢！你自己吸吮自己，自己咀嚼自己，也自己埋葬自己罢！"

他抽了一口气。我忍住哭泣，回到角隅里去了。

"你等着罢，"他叫着，"我去了。我知道你，我知道你们这一群！"

如同电底一闪，他飞也似的出去了——在那最后的光明的一闪里，我认清了他。是的，那是一个兄弟，我许久认识了而且时时思念着的一个兄弟。我认识他。然而，他是去得远了。

外面，是急风和横雨，杂着雪粒。浪和潮碰击着岩石，在大的风暴里面。

我两手冰冷地抱住我底头，咬紧着牙齿，凝望着前面——那是黑暗，黑暗，无穷尽的黑暗！

一九三五年十二月

选自文化生活出版社 1935 年初版《鹰之歌》

病　人

　　一天，一个奇怪的病人来到我这里。他还很年轻，应当不会超过三十岁的年龄。他有着证明着优良教养的举止，他底眼睛里发着光彩，说出在他那眼光所寄藏的地方他蕴蓄了如何丰富的知识——不仅是知识，而且还有着更丰富的优良的情感和想象。只是，他底脸面却是那么苍白，一见就知道他负着了很大的忧郁。

　　他很软弱，似乎只是因着我底帮助这才能够坐下来的。于是，他开始叹息了，并且频频地摇着头，正和一切的病人一样。

　　"你苦痛么？"我关切地问，我底病人起始就引起了我底怜恤。"你什么地方苦痛？"

　　他先摇一摇头，然后抬起那发着智慧的光彩的眼睛望着我。他望了我好一些时候，是不是在他底心里有着对于我的不信任呢？这是很难说的。因为他底嘴唇是那样开翕着，只要有一个适当的人在他底面前，他就会滔滔不绝地发出许多问题的；然而，这面前的我，却显然并不能令他认为合格。他再摇摇头，就仍然沉默了。他底脸面益发苍白了起来，这使我很觉替他难受。

　　是怎样的病呢？我猜疑着。于是，我试探地说道：

　　"头痛么？头？"我轻轻地，几乎是慰抚地拍了拍他底头。

　　他急忙把头偏了过去，好像受了什么突击似的，并且愠怒地望了我一眼。他觉得我底行动是太唐突，或者太粗野么？但是，我是尽了我底能力的。

　　我又拍拍我自己底胸，仍然是探试地、关切地问道：

　　"这里呢？胸——胸闷么？肺呢？肺好么？不时常咳嗽么？"

　　他又摇起头来，而且苦痛地皱紧了眉毛——这也许并不是因为他底病使他苦痛，而多分是因为他觉着他不能得到别人底了解，所以难受了。要用言语来了解一个人，该是多么困难的呢！他怀疑我，他不信任我。并且，他底眼睛里几乎是含着愤懑的。他完全不想回答我底任何问题。

　　我试着用一切的方法引他说话，然而，只是没有回答；我也无法挨近他底身体任何部分，因此，也就无法知道他底苦痛底根源。望着他那苍白得可怕的脸面，我觉得我对这个病人是不会有什么大的帮助的了。我绝望地说道：

"至少，请你自己说一个字罢。"

然而，还是没有回答。

我禁不住地愤怒起来了。我嚷道：

"那么，你是戏弄我么？"我叫着，"你不让我诊查，这是什么意思？你难道没有病么？看你底脸色这么苍白，没有血色，你不会没有苦痛！"

"你说对了！"病人忽然叫起来，这反而使我惊讶。

"你说什么？"我问着。

"你说得对！"他大声笑着，甚至拍起手来。望着他那和他底脸色同样可怕的手，我断定我这病人也许疯了，也许无可救药地疯了。

"对！对！"他更为疯狂地笑着，"我没有病，谁也诊不了我底病！我苍白，我没有血色，我有苦痛——"

他笑得更为奇怪了，甚至挤出眼泪来。我把他搀扶着，我一定得把他送出门外去。但是，他立刻敛住笑容，回返了原来的样子，严重地问道："你能知道什么病该生在什么人身上么？你知道么？"

这是一个奇怪的问题，但是我不愿意回答。我只是推拥着他，使他能够快一点离开我底面前。

"你不知道么？我是知道的。"他顽强地在门槛上拒抗着我底搀扶，不断地嚷叫。

"只有你和像你这样的人才生这样的病。"我几乎要咒骂了。

"也只有你和像你这样诊病的人才像这样诊病。"他也咆哮似的叫了。

我给了他重重的一拳，他便蹒跚着倒到街上了。

街上，没有灯光。阴暗的天色下面，几个鹄立街头等待着同伴的青年人，对着他，也对着我，冷冷地发出了一声轻笑。

我倚在门边，望着那倒在街头的人，摸了摸我自己底头部，想记一记是发生了怎样的事情。也许，我们全是在这阴暗的天色之下变得疯狂了么？我举起手来，发觉我底手也是全无血色的。

一九三六年三月

选自文化生活出版社 1936 年初版《鹰之歌》

109

日　子

　　日子像一条污浊的河，缓慢而迂滞地流去；生活，在这中间，就变成一堆污烂的泥团了。我翻开我底手记册，想从里面发现一点可以记念的过去，如同一个将要窒息的人渴望着一口新鲜的空气，或者一滴清凉的露水——然而，我不能找出什么。我把手记册一页一页翻了过去，那全是空虚的白纸，无论怎样也引不起我底记忆。

　　我苦闷地记忆着。我想大声告诉我自己："唉，可怜的人，你也是曾经有过好日子的呢。"但是，我不能这样，我没有自信。

　　我是从什么地方来的呢？是怎样就安居在这生活里面了？——连这，我也无法能够记起；在那空虚的手记册上，我找不出一点痕迹。于是，我就时常把头低了下来，沉在模糊而飘渺的白日梦里了。我厌恶这梦，它缠着我，使我永远也喘不出来一口轻松的气息。但是，每一个日子，我都是这样沉溺着。

　　每一个日子，河水从窗前流过，发出沉重的急喘，似乎它正有着无限的抑郁要从这急喘里面得到宣泄。它汹涌着，翻腾着重浊的不透明的波浪，发出巨大的响声，排击着泥岸。那声音是可怖的，它使人想着一切的生活都是一个大的恐怖。

　　——生活底漩流，永恒的受难！

　　而浚河船就在河中响起来了。

　　每天，浚河船在河中不断地嘶吼，从黎明到黑夜。它缓缓地移动着，张开铁网，不时从水底捞出大堆的泥沙，拽到船上来。工人们也嘶吼着，随着每一网泥沙底拽起，就发出高声的喊叫。他们里面，有一个我已经认熟了他底脸面，那是一个蓄着短辫子的小孩。每天，他在成年人里面叫喊着。他底声音尤其尖锐。

　　"Hu-e-e-ey！ Ha-a-ah！"接着，他把手一挥，尖锐的叫声也就突然中止了。

——他不是太小了么？他应当有一个妈妈呢。但是他却正像一个成年的人。

我想着那孩子。我听着他那嘶叫的声音，如同一头小狼在被人追击，使我悸动。这是我所不能忍耐的。我于是抬起眼睛，望向更远的地方。河底彼岸，有一轮臃肿的太阳正落在那一排已经停工的工厂底屋顶上面了。

傍晚底温暖的微风飘荡着。我呼吸着，感觉着愉快的疲倦。然而，河上，暮色却已渐渐浓重，浚河船已经现得朦胧了。

这样，一天就过去了。

我有一些烦恼，一些渴望，一些向着遥远的远方的恋慕。我思索，但是，这思索却是空虚而且没有头绪的。

——晚安罢，世界！

好像感受了什么突来的袭击，我这么说着，就急忙跑回我底屋子底中央，呆立着，让我自己沉浸在薄暮的阴影里。我想要放声地哭，让我底哭声冲破那昏黄的夜幕，然而，我没有这样做。

浚河船停止工作了，只有波浪仍然排击着泥岸，发出凄厉的巨响。

我扪着头，如同有可怕的重负压到了我底头上。

——生活是可怕的，是无聊的。人被投到生活里去，它就吞下了你。今天过完了，还有着明天；明天，再明天，永远不断的明天。慢慢地，人老了，世界变了，人将寻不见他自己。

我苦闷地想着，而思想就变成了一条无赖的爬虫，它紧紧缠住了你底整个身体，使你无论怎样也逃不出它底扰乱了。

——那小孩子会怎样呢？我继续想着。

——小孩子已经不像小孩子了。他一定没有一个妈妈。没有人抚爱他。谁会抚爱他呢？他是被扔弃了的一块石头，如果不幸他从船边失足落到了水里，谁也不会去惋惜他的。

……

——日子就会照着这样过。他会一天一天变得不同一点，变得大一点。世界也会一天一天变得不同一点，变得更汹涌一点。那时，一个孩子会变成老人，在那横流一样的汹涌着的世界，他将什么也抓不住，只是如同木片给洪流荡着似的，自己也将不知道自己会迷失到什么地方去。

夜深了，我底头更垂了下来。河水冲击着泥岸，声音变得更为凄厉，似乎是在发泄着永恒的不平的怨恨。浚河船在河心停着，上面闪着几点红色的灯火。

我伏在案前，只想即时就睡过去，哪怕就是只睡一分钟，或者，一睡就永远也不再醒。生活于我现得没有诱惑了，所有的，只是窒息似的倦怠。

——你疲倦么？那么，睡。睡罢！睡一分钟，或者，睡着永远不醒。

夜是黑暗，我没有记忆。但是，我分明听见这好像是谁底声音在我底耳边响了这样的话语。我不能回答。我真是疲倦，不独疲倦，并且感觉到死一般的窒息，使我连呼吸也觉得困难。

我记不清那是若干年以前了；现在，记忆起来，那已经成了记不清楚的遥远的过去。那时，我曾经遇见一个人，一个一团烈火似的性格。他曾对我说过："你真会疲倦。那么，请你睡罢。你真能做梦。那么，请你梦罢！愿你做一世底噩梦！"

那是一个咒诅，我知道，但那咒诅是应验了的。整晚，我被噩梦纠缠着。有时，我挣扎着转过身来，但是噩梦仍然继续。在噩梦里，我听见无数的声音向我投射着：

——你睡得真甜呀，叫也叫不醒。

——不，他是聋子，他听不见。

——他会听的，会听的，再给他说一遍。

——别扰他，他娇嫩得很，别撞碎了他！

——可是，瞧，他挣扎得真苦啊！

——那不要紧，他天天那样的。他高兴那样。

——那就是一个疯子。

——不是，不是。他另外有个名号。

——号个什么？

——忘啦。

——他每天在那上面干什么？

——谁知道？

——已经多年了吧？

——哼，从来没动过。

——干吗不下来？

——他说我们把他关在那上面了。

——不！不！他撒谎，我们没有。是他自己把自己关起来的！

一阵哄笑过去之后，我醒了过来，拭去了满头的冷汗。天黎明了。浚河船在河中开始了嘶吼，我又看见了那不像孩子的孩子。是的，在那噩梦里面，我还记得他也是那哄笑着的人们中间的一个。

一九三五年十二月

选自文化生活出版社 1936 年初版《鹰之歌》

行　列

行列如同旋风，如同怒浪。我如同被抛掷了在暴风雨的海里。

我踉跄着，向前移动我底脚步。我底心急跳，但是我底脸面却现得苍白。我观察着我自己——几乎失去知觉。

我为什么是这样苍白而脆弱呢？我为什么还不能涌起惭愧的血色？我需要一点血色，使我能合着这行列底步调，使我能和它不致显得是太不适合的。

我将眼睛盯视着地面——我不敢抬起头来。

人们向着前面奔腾而过。行列增大着，增强着——人们手挽着手，在向前进。

但是，我是落在了行列底后面。

我试着抢上前去，这反使我把自己从行列移开。我望着两旁的人行道，我望着两旁壁立的观望的人。他们全是旁观者么？但是他们全有着奋兴的脸。

行列被欢呼着，被祝福着。

同时，行列也被监视着，被警戒着。

毛瑟底皮囊响着，厚重的皮鞋橐着，鞭抽着，人们呼叫着。

我底眼睛迷糊，我不能看，我不能认识。

我软弱，我战栗——

我不能提起我底脚步。

人们冲闯着，行列嘶吼着了。行列如同一只巨长的兽。

它昂起头来，竖起了尾巴——嘶吼的声音从那昂起的头一直贯穿到竖起的尾端：

"×××——"

我战栗着，我不能谛听。似乎有热泪要流出我底眼眶——我不能张目观看。

"×××——"

我想要嘶喊，然而，我底喉头干涸，我不能发出声音。

我走着——我跑着——我抢上前去；但是，我是脱离着在行列底外边。

行列在唱歌了：人们全是手挽着手，在向前进。

人们手挽着手，在向前进。我底手也被挽着，在向前进——那挽着我底手的手，我发觉是渍满着油污的。

一九三六年三月

选自文化生活出版社 1936 年初版《鹰之歌》

一 天

一天，接着一天，流过去了。我们应当因这而感激吧？

除此，我们还能有什么感激的呢？

太阳升起的时候，我们是懒惰的；太阳沉落的时候，我们是忧愁的……

太阳沉落以后呢？我们底梦是一个平安的梦么？

不，不啊——我们没有梦，原来我们是不能开花的腐草。

是春天么？想着应当呼吸一口春天底暖气。

春天底呼吸不是太强烈了么——会不会把我们底肺叶爆炸？

如同拔了根的草，永远地被风吹扬在空际的，是我们。我们没有根！

春泉能将我们淹没，使我们从污泥里钻出头来么？

不，不啊——我们是冬眠的爬虫，永远埋葬在自己底忧郁里的。

一轮火焰燃烧了——那是在远方。

我们不是也秘密地发着誓言么？——哼，是的，我们时常有着奇妙的自己安慰。

今天，明天；今年，明年……

我们不会自杀？

因此，我们开始使用着奋兴剂和安眠药了。

一九三六年五月

选自文化生活出版社 1936 年初版《鹰之歌》

圣 者

——献给已故的先生和友人许

> 寂寞，难受的奴役，被夺的自由，无尽的秋冬，执拗的疾病……
> 唉，可怜的，可怜的亚夫尼尔……
>
> ——自屠格涅夫底《死》

　　读着别人对于旧友的追忆，我就会记起你来，深陷的眼睛，瘦削的脸，强韧的骨骼，然而，病弱的身体。而且，那是一世的折磨，永恒的受难。虽然在你底肩上你能担起无限的重负，然而，你不是被压抑得永远也不曾吐出一口轻松的气息来么？要说死是残酷的，但是，对于你，一死，也许是得到解脱的吧？但是，你是不愿意死的，而且，在苦难侵蚀着你底身体的时候，你并不曾知道你会像这样来得到你底解脱。你忘记了你是一个快被折磨了五十年的人，你对你底朋友宣说，"我还不老"；你对青年的人们发出鼓励，让他们看着你而欣幸自己底青春。当你用着因为沉重的肺病而嘶哑了的喉咙宣说着你还要挣扎的时候，你可知道死神已经站在你底面前，不再容你逃避了呢？而当你躺在那乡村的病榻上，看着疯癫的妻发着残酷的傻笑，惟一的孩子已被装入了棺木，你自己已经自知生死的仗已经败北，而从枯干的眼里渗出眼泪来的时候，你那时想要告诉为你送终的朋友的，是一些什么言语呢？你沉默了，永远地沉默了，将你底最后的言语关闭在你底紧锁的口里，带到坟墓里去了。

　　将光明带到世界上来，而自己却活在黑暗里的，是你。将希望寄与了年轻的一代，而自己底心底里却寂寞着的，是你。孩子们绕在你底周围，因着你底教育和影响而长大起来，变得强壮，变得健康，而你，你却如同一株老树，在眼看着孩子们来到你底荫下的时候，自己反被生活底雷雨所摧毁了。

　　你教育了一代人，但是，你却是无名的。孩子们用眼泪来记念着你，但是，你却是无名的。乡村蒙塾里的先生，儿童学校里的教师，地方报纸副刊的编辑——没有谁会知道你，除了你底友人；没有谁会感激你，除了你自己所教育的后代。在乡村的茅舍里，在阴暗的古庙一般的小学里，在嘈杂的有小印刷机喧闹着的报馆小楼底一角里，你如同一个囚徒蹲踞着，抽着廉价的烟卷，捧着你底朋友所寄给你的，或者你自己用那从些微薪俸里挣节下来的钱所买来的新出的书报，一字一字地读着，热心地读着，在不断的呛咳里，感激得流下眼泪。你把你所知道的告诉给年轻的人们，他们爱你，如同爱自己底亲密的友人；他们尊敬你，如同尊敬自己底严厉而且仁慈的父兄。在看着一个一个的孩子长大起来，离开了你，向着更广大、更宽阔的天地里奔去的时候，你有着衷心的、喜悦的微笑，然而，在你底微笑里，你却又是多么寂寞，而且多么地伤感。

你看着世界，忘记了自己。世界对于你，是多么光明，多么有着无限灿烂的未来。你热情地、感激地信任着一个未来，一个光荣的未来。你深信着年轻的一代底勇敢，你一点也不怀疑那勇敢会结成怎样有用的果实。你为着被残废的年轻的生命们热情地哭泣，在你底老眼里你流着为被虐杀的人们而流下的眼泪。

然而，你自己呢？你忘了你自己。你忘了命运给了你怎样的一条道路。从这个乡村你行脚到那个乡村，从这个城市你漂流到那个城市，贫困，没有依助，寂寞，病痛，没有家，没有妻室，也没有儿女，像这样，你生活着，熬着，磨着，忍受着，被人轻蔑而且讪笑着——然而，你忘却了你自己。一直到四十岁，你才为自己找到了一个疯狂的女人作为你底伴侣，并且生下一个病弱的孩子作为你底系累。在那些不堪的贫民窟里，在那些暗黑的、凌乱的、缭绕着室人胸肺的炊烟的房屋里，你是怎样地住过来的呢？疯狂的女人残酷地傻笑着，你也笑，你底笑是苦的，如同饮着一杯苦的毒汁；病弱的孩子哭着，你也哭，你底哭声是梗室的，正像你早经知道这个孩子不能如同别个孩子一样，他永远也不会成长起来。你蒙着你自己底头，如同亲眼看见了地狱，你战栗着，不忍逼视你眼前的实在。你像被追逐的饿狼一样，你逃跑，但是，你能逃到什么地方去呢？等待着你的，是一个大的陷阱，等你临到那个陷阱底前面，你是再也不能还有力量停驻你底脚步了。生活底利齿已经咬紧了你底衣裙，结核菌已经蚀完了你底肺，你底胸，你底脑，你底全身的骨髓。你被人从你工作的报馆送回你所出生的乡村，你底病体被安放在你父亲所遗留给你的茅屋，你在那里等着死。然而，直到那时，你还是不知道死神已经临近了你底面前的。你底喉咙哑了，你不能说；你底手僵了，你不能写。你没有遗嘱，只有一个无名的坟堆隆起在你底村头。

"敬爱的先生。"你底孩子们这样啼哭。

"无名的圣者。"你底友人们这样嗟叹。

然而，那一世的苦难，那最后的语言，你却随着你底紧闭的唇，把它们掩埋在你底坟墓里去了。

一九三六年六月

选自文化生活出版社 1937 年初版《白夜》

伴 侣

雾是沉重的，江面如同挂起了一层纯白的罩纱，夜航的小船挂着红灯，在白色的雾里时隐时现，好像是失眠的人勉强地睁开的眼睛。江岸非常冷寂，因为这是离开烦嚣的埠头已经有好几步路程的地方了。

我们沉默地坐着，没有言语。间或有一两个微波从浑黄的江心涌了过来，击打在石岸上，发出沙沙的响声，这时，我们就微微地转一转身，把默坐着的身体略略舒展一回。

"逸，我们该回去了吧？"望一望那屈着的背和低垂的头，我这样问了。、

"还早吧？这里坐着比回去的强。"苍老的嗓音这样说着，也并不抬起头来，只是把那垂着的头更垂到胸前去。

我点点头，也并不再有所问讯。为什么是该回去的呢？回去，是回到什么地方？我想起来，那是一所蒸闷的小房，在楼下，小印刷机不断地轧轧着，终夜印着不知会有谁看的报纸，而楼上，则有人吸着鸦片，把如蜡般黄的脸子对着烟灯，闭着肿起的眼皮，似乎已经死掉。是可厌憎的地方呢。然而，我们是生活在那里的。

"逸，你憎恶那地方么？"我轻声问着，想引起他底谈话，然而，他却只是缓慢地回过头来，似乎是那样疲倦地，微微地笑道：

"我？我已经在那里住过两年了。"

接着，他用手摸一摸我底头，那虽然是枯瘦的手，但却有着父亲般的慈爱：

"我怕你过不惯，你是年轻的人。"

他叹一口气，摇摇头，于是，仍然沉默了。

"你是后悔叫我到这里来么？"我红着脸问。

"不，我不后悔。你也得看看什么叫作生活。"他把头抬了起来，目光注视着我，是那样闪闪的目光，出现在那憔悴的、刻着深的皱纹的脸上，使我不安，而且感觉着局促。"生活就是这样，到处都是卑劣、混浊。"

我忽然感觉寂寞了。生活是一个陷阱；它张着口，等待人跌落进去。那

里是黑暗、窒息，没有希望，没有光明，而且，也没有伴侣。我想起那抽鸦片的人，当他把鸦片抽足，他会提起笔来，用如枯柴般的手，露出黄牙来，在纸上写出哲理，教导人如何去生活。那是悲惨的，那是一个悲惨的故事。

社会新闻，社会新闻，永远是社会新闻。穿着鲜艳色彩的衣服的那女人，有时也会来到那污秽的小楼上，斜着身体躺在社会新闻版底编辑底身旁，接过烟枪去，发出色情的笑，奋兴地同时又是倦怠地抽着烟，喷出满房烟雾来，有时，她撒娇似的说道：

"你这小气鬼，你瞧，这么热天我还穿夹衫呀！"

于是，那闭目冥想的编辑先生就忽然把眼睛一睁，伸过一只战栗的手来，把那女人底大腿重重地拧一把，用伤风似的鼻音模糊地回答道：

"骚货，又要打我底主意啦！哼哼，没啦……"

一切都是恐怖，令人战栗的恐怖。然而，这是能逃的么？我想起那患着沉重肺病的校对，他苦恼地呛咳着，伏在案上，高声念着所校对的一切新闻稿件，有时不信任似的皱一皱眉，有时却极高兴地大声发笑，笑声还不曾断，接着就又呛咳起来了。等到午夜已过，当一切的稿件都已校对完毕之后，他就在房间底一个角落里摊开他底被褥，并且点起烟灯来，开始他底安息了。他吸得很少，很节省，并且还替编辑先生煮着烟，有时就到编辑先生底铺上去稍稍吸一两口，虽然只是一两口，却感觉着极端的满足。十几年，也许有二十年，那校对就是像这样过去了。当黎明到来的时候，他就躺在房角里，他自己吐出的浓绿的痰边，发出不断的呓语来。

"悲惨的。"我自语着，身体微微地战栗。

"这还不是最悲惨的。"逸回答着，温和地，然而阴郁地笑了，他似乎想哭，但是，他有着一个中年人底矜持。"你还年轻，你还要看见更多的悲惨。但是，有一天，你会冲破这悲惨的网，好像一头冲破了牢笼的鸟儿似的，飞到天上去的。"

"飞到什么地方去？"

"飞到天上去，远远的、明朗的天上去。"

一只巨大的轮船在江面缓缓地向着下游驶去，从朦胧的雾层里，透出无数的灯光，好像是一个大的建筑在那江面浮动。我有着一个渺茫的希望，我希望有一天我能坐在那只大的船上，在雾里，向着远远的地方驶去，向着一个快乐的、有光明的地方驶去——那里有太阳，有月亮，有如同珍珠一般的繁星。

"是的，逸，我不会在这里住得很久的。真的，这地方我住不惯。"我说着，看看逸底脸面，那脸面是说着难耐的寂寞和凄凉的。我又说道："你也不能在这里继续住下去，你已经给折磨得够了。"

　　"我？"逸怔了一怔，抬起头来，眼睛里又发出了那闪闪的注视，"不，我是能住的。我什么地方全能住下去……"

　　他感觉疲倦了，似乎是因为过甚的疲倦，使他不能继续说话。他把眼睛转向江流，一直注视着，直到最后，一滴浑黄的眼泪从他底眼睛里流了出来，缓慢地流下了他底憔悴的面颊。被折磨了的过去，受罪的现在，难以想望的未来和将临到的老年，孤独、衰弱和疲倦，全使他感觉着有一点过于重累。那是一个压力，压得过于沉重的。

　　我们沿着江岸，被着浓雾，慢慢地走着，穿越过熟识的市外的田野，又回到市内，在每一条马路上迟缓地移动着脚步，好像难得觅到栖枝的夜鸟似的。

　　"逸，我在这里是不是多余的呢？"我想到我在那小楼上，每天忍受着鸦片底臭味，但是不能找到一点工作，就这样问了。

　　"每个人在这里都是多余的。在这里，一切都是多余的。"逸回答着，把脚步移动得迅速起来，好像要逃避我底更多的诘问。他把头更低了下来，背部显得更为伛屈，而脚步，也移动得更快起来。

　　当我们回到小楼上面的时候，那可怜的校对已经躺在他底角落里，抱着他底烟枪，沉沉地安睡了。

　　一个月以后，逸把我底行李安置了在那驶向下游的船上一个统舱铺位里以后，我们就一同来到船边，扶着栏杆，望着在黄昏里垂向远远地平线外的夕阳。江水激烈地击打着船边的木板，溅起混浊的水沫。黑暗快将惠临江面了，只须一刻以后，船就会离开埠头，在黑暗里向着下游摸索去。

　　"去罢，去试一试，去看一看，去学一学。生活，是艰难而且复杂的功课。"逸说着，声音慢慢地变得战栗而且凄哽起来了。他从身边掏出一个小包，捏住我底手，继续说道："这是二十块钱，是我两年底积蓄。我没有伴侣，没有亲人……我老了……"

　　我接过那小包来，止不住地抽泣起来了。

一九三六年七月

选自文化生活出版社 1937 年初版《白夜》

童　年

寂寞的童年，
悲惨的童年，
被埋在古屋里的，
阴暗的童年呀！

　　不知从什么时候起，记熟了这样的诗句。在记起这样的诗句的时候，在我底眼前就现出那埋葬了我底童年的古屋来了。阴暗的古屋，和你那没有阳光的阴森的黑暗，对于你，我是应当有一滴眼泪的呢。

　　在一个小的边城里，十字架突出来。这是一个荒凉的小城，人口是这样稀少，而且，永远是保持着那不破的岑寂和沉默的。很少有过客从这里经过，没有贩卖牛羊和布匹的商人，只有在市集的日子，才有乡下人到城里来，把一条安静的街道热闹过一个早晨以后，于是便把小城又遗留给无限的静穆了。小城不是人底，却是遗留给上帝的呢。因了一个年老的牧师底遗嘱，应当募集捐款在这城里建立一所上帝底屋子，于是，不知道从什么年代起，这座古屋便开始把它那高耸的十字架突了出来，如果在晴明的日子，从南门进到城内的街道上，远远就可看见那十字架以惨淡的金光神迹似的闪耀着的。

　　然而，古屋却是阴暗的呢。苍然的爬壁藤爬满了整个建筑底外壁，一直爬到壁顶。教堂里面，用白底红字写着的，是摩西底十诫，好像是直从摩西底时代传留下来似的那么斑驳了。窗上，暗色的玻璃虽然已经剩下不多，但是，光明却是从来不许从外面的天上来到这所上帝底屋子里来的。在后园，丛生着蔓草，没有花，没有树，有的只是荒惨和寂寞。紧连着教堂，一排连立着的，是三间低矮的小屋，在这里，没有阳光，永远只是阴森的黑暗。这里，终年是潮湿和腐烂。幽灵一样地每天在这些屋子里摇晃着的，是一对年老夫妇底影子，那自从有了教堂以来就住在这里的教堂执事和他底年老的妻。

仁慈的老人们！以父母一般的怜悯收养过我，使一个孤儿不致饿死在被抛弃的地方的，是你们！对于你们，我也有着一滴眼泪呢。

教堂执事，年纪太老了，已经衰颓得不能久坐。他多半的时候躺在他底小屋里的床上，在白天也做着不断的梦，并且用枯哑的嗓子说着和平的、倦怠的呓语。只有在礼拜日，他却很早起来，躺在教堂里那写着十诫的屏风后面，用热茶招待着从四乡来的信徒。

"德明哥，德明哥，你早。"

"胡兴哥，你早。"

年老的执事于是就笑了一笑，躺回靠背的椅上，用手做出一个打恭的姿势，随即把白的胡须分开了在口唇底两边。

"永爱，拿热茶来呀。"他闭一闭眼睛；他感觉疲倦了，但是，同时，他忽然记起似的说道：

"德明哥，你一年没进城啦，唉！我记得。你瞧，我们永爱长得这么大了呢。"

或者，他转向另外的一个信徒，拍拍自己底衣裳道：

"胡兴哥，你瞧我们永生穿了新衣裳了。今天礼拜，敬主呢。"

聚会的人，往往不会多的。有时是十五，有时是十八；但是，有的时候却也只有五个或者八个。老执事站到圣坛上去，先闭下眼睛，默祷着，聚一聚那过于散漫的精力，于是，戴上眼镜，指定一首圣歌，而全体的会众就开始一个寂寞而疲倦的合唱了。执事底声音是枯哑的，唱得没有抑扬，也没有节奏，因此，他时常停顿下来，只听着别人是怎样把一首圣歌缓慢地反复完毕。

执事底妻子，那年老的妇人，她想把自己底声音极力提高，然而，她不能。在听着执事底断续的祈祷的时候，她自己记了起来，她来到这所古屋已经是二十二年了。初来的时候这教堂是那么辉煌，然而如今，却这样破落，而且，自己也年老了。一生过去得真快呢。她只愿她能够死在这屋子里……

"这屋子呀，德明哥，"在礼拜完毕之后，老妇人往往指着自己底矮屋对着最后离开的人这样诉着苦恼，"这屋子，我来了二十二年了。你着，阴惨惨的，坐一世的牢呀！"

听诉的人望望那阴暗的、没有阳光的、完全被压在青苍的教堂墙壁下面的低矮的房屋，就叹一口很长的气，安慰地说道：

"造得是糟呢！当初我就说这太不向阳，"于是停顿一下，接着又说，"总算有了小伴了，两个孩子都大了哩，都乖，又聪敏。"

两个孩子，那中间的一个就是我，另一个，却是一个比我大过五岁的女孩。我那时正是七岁。童年呀！

童年，寂寞的童年。对于你，唉，姐姐一般地护持过我，使我在稚弱的童年里得到了爱底摸抚的，我底眼泪是应当为着你而最初流出的吧。我记得，我那时是被叫作永生，你是叫作永爱，我们是被遗弃在不同的角落，却一样地由于那年老的夫妇底仁慈，依着上帝底旨意，先后被带到这古屋里来的。在这古屋里，有着我们底童年。我们底童年是怎样过来的？

你，虽然你也正是一个孩子，但是，你却已经好像一个真正的姐姐和能干的儿媳了。你伺候着年老的，你照顾着年小的。你天使一般地在整个屋子飞翔，给了凡是你底眼睛所掠过的人一种衷心的喜悦。但是，你底脸面是多么苍白啊！

而且，你是多么寂寞，除了对于上帝和我，你在人前总是沉默。

我不能忘记，每当傍晚，你是怎样牵着我偷偷走进黑暗的教堂。我那时是多么胆怯，但是，你却是多么勇敢。你热情地祈祷着，你好像在说着无休止的祝望，好像你已经用你底眼睛看见了遥远的天上的荣光。你跪在圣坛前面，并不低下头来，也不闭下你底眼睛，像别的人祈祷的时候所做的；你却把头仰望着天上，你底大的眼睛发出了那么深远的光辉，似乎是照耀了整个的黑暗的圣殿。

"姐，你为什么哭？"

"不，弟弟，我不是哭，我是快乐。天上，是快乐的。"

而且，是多么悠长、多么惨淡的夜晚呀！在那阴暗的小屋，当一切都已静寂，整个的城都已安眠，连年老的夫妇也发出了沉重的鼾声和模糊的呓语的时候，你却仍然坐在凄弱的灯光下面，安详而又疲乏地缝补。

"姐，我怕。"我说。

"你怕什么？"你母亲一般地询问。

"我怕魔鬼。"

于是，你笑了。在灯光下面，你有着如何慈爱而美丽的笑！

"姐在这里，魔鬼不会来的。"

"我要你来睡。"我固执地说。

"等一等罢，弟弟，等我跟你把纽子缝好。"

而我，就沉沉地睡眠了。

> 寂寞的童年，
>
> 悲惨的童年，
>
> 被埋在古屋里的，
>
> 阴暗的童年呀！

和世界，我们是整个地隔绝着，我们几乎不晓得在我们底墙壁以外还有着一个世界。我们没有朋友，没有游戏。年老人底影子，我们自己底影子，这就是我们所能熟识的侣伴。除此，我们还有什么呢？在阴暗的教堂，我们有着一些幻想；在荒凉的后园，我们有着一些恐怖。

"姐，耶稣是穿着紫衣的么？"

"我没有看见过。可是，我知道，耶稣是穿着破衣的。"你说得那么虔敬。

寂寞地过着，无欢地生长，像壁上的爬壁藤一样的，是我们。每个月，老执事从总会领到他底十五串钱一月的月薪，我们就在这荫庇下面生长起来了。

一天，在薄暮的时候，从省城来了一个年纪比较轻些的老人，带着总会所发的委任的信件。这是新来的执事。老执事从床上爬了起来，招待他底后继者，正如在每个礼拜日招待从四乡来的信徒一样。

"听说还有两个孩子呢，是么？"

"孩子么？有的。是我自己养大的。"老执事回答。

"上帝祝福他们！"新来的执事这样祝福了。

于是，夜晚就来到古屋里来了。

新来的执事把自己安置在那写着十诫的屏风后面，但是，教堂旁边，在那一连三间的低矮的屋子里，油灯却仍然烧着，老执事把头俯在矮小的桌上，似乎已经沉睡。然而，执事底妻子却不断地催促道：

“怎么样呢，老头子？我们走到什么地方去？”

她气愤着，她想毁谤上帝，但是，她不敢。

“怎么办呢？难道就这样叫我们走么？我们走到什么地方去？”

“嗯哼，怎么办？上帝底意思……”老执事把头抬了一抬，但是，好像立刻感到了不能支持的沉重，头又俯到小桌上了。

“上帝底意思？上帝这样欺负好人，这样不晓得好歹么？我们底田地都捐给上帝了，我们底房屋也献给上帝了。我们没有一个钱，要我们到什么地方去呢？叫我们去讨饭？”

“上帝底意思呢，婆婆！别人住过神学的，我们……”老执事连头也懒得抬了，他只是觉得疲倦，一条路途已经走完了的疲倦。他不埋怨上帝，但是他也没有感激上帝的心思了。

如豆的灯光惨淡地照着，好像立刻就要熄灭似的。老妇人默默地望着油灯，又望着老人底灰白的低垂的头。她变得软弱了，突然衰颓下去了。

“上帝底意思，能怎么办呢？”她自语着，而一切，就全都静寂了。

寂寞的童年，悲惨的童年呀！

年老的去了，年幼的被留了下来。

“姐，我怕。”

“怕什么，弟弟？”

“怕那新来的。”

于是，在你底脸上浮上了寂寞的笑。

我记不清我们是怎样地分开的，我记不清我是怎样地分离了你的，唉，我那寂寞的童年底侣伴。

“姐，睡。”

“不，弟弟，我不想睡。”

“你想什么？”

“我不想什么。”

“姐——”我叫了；在你底眼里，有着晶莹的泪珠。

“你会念着我的，我底弟弟。”你影子一般地飘到了我底床上，伏在枕上了。

第一次地我学会了默默地哭，流下了第一次的无言的眼泪。

而你，就永远不曾再在我底眼前出现了。

　　我一个人被留在那新来的执事底家中。但是，在那家庭里，我也不曾住到一年。一个好心肠的人把我带到了省城去，慢慢地，我变得对于一切的古屋发生憎厌了。但是，我记念着那度过了我底童年的古屋和那古屋里的每一个人。年老的夫妇呢，如今应当已经在天上得到安息了吧？而我寂寞的童年底侣伴？如果她还活着——我也愿她平安。

　　但是，我记起另外的一个古屋来了，那是在另外的一个小城。在一间由古庙改建的小学校里，在我底同事中间有着一位年轻的女教师。在我们每天早晨相见的时候，她总是现出一个微笑来，并且轻轻地问候道："您好。"但是，她那微笑却是多么寂寞啊！有一次，我提醒她说：

　　"碧薇，你笑得太寂寞了！"

　　她却笑着回答说——仍然是那么寂寞地：

　　"我有一个寂寞的童年。"

　　我望了她一眼，自己也寂寞地笑了。

　　"寂寞呀，寂寞的童年！"

一九三六年四月

选自文化生活出版社 1937 年初版《白夜》

平　原

平　原

　　平原是丰饶的，产生着谷米。谷米堆积着，发着霉，由金黄变成黑色，然而，我们的农民是饥饿的。饥饿燃烧着旷野，人们和牛们一同在田野喘息。

　　轭是太重了呀，沉重得使皮肉破裂，怆痛锥着心，然而，眼睛里却不能流下眼泪，只是现出血红的丝络，烧着愤怒的火焰。

　　湖水平静地躺着，溪流贯穿着平原，潺潺地流着，发出愉快的响声。人们的心却沉重下来，抱怨着天和地。

　　"有什么可以快乐的啊！"

　　日子流过，火燃烧着，又熄灭了，如同炊烟，散布在天空，流荡着，又逐渐消散。

　　日子来，日子去，仓库堆满了谷米，发着霉，由黑色变成泥浆。催租的人来，带着人去。土地生产着，然而，生产着又能怎样呢？

　　茅舍里，炊烟变得稀薄。家禽变得绝迹了，狗也不再向着陌生的来人叫吠。不再听见年轻的媳妇儿说道："婆婆，又生了两个蛋啦。"也不再看见年幼的孩子们持着竹竿，把鸭群赶到横塘去。

　　田野是一片金黄。老天爷施了恩典；今年个，塘满堰满，穗子吊在稻尖，把稻秆压得像一个驼背的老人。然而，我们的妇女们却在心里忧愁着道："哪里去找白米款待三太爷啊！三太爷还爱喝一杯酒。"

　　想着：今年个，老天爷施了恩典，三太爷要亲自下乡来了。往年是荒歉，有个推托，今年个，老天施了恩典……

　　"'湖田八成租'，伙计，我不欺负人呀！大家靠天找饭吃。今年个，老天爷施恩典……"三太爷笑嘻嘻地说着，脸上浮着笑，用火柴当作牙签，剔着牙齿。

男妇全都战栗着，老婆婆摇着头，不时用枯瘠的手捶着自己的平扁的胸膛，孩子们无知地瞪着眼，沉默。

夜的影子爬进了村庄来，远山是一堆无情的乌石块，人们望着它，想着，这世界是不成一个世界了；想着，用锄头狠命地掘吧，让那乌黑的石块迸出火花。

"世道又是这样不好，这，今年个，不能像往年的啊！"三太爷继续说着，好像刚刚喝下的酒已经解了酒力，笑嘻嘻的脸面忽然变得严厉起来了。

平原躺着，无声地忧郁着，而在金黄的禾田里，不知有谁点起了火来；禾田燃烧着，金黄的谷稻，被当作了乱生的野草。

夜

夜啊，黑暗的夜！没有星，没有月。没有星星对着人们眨眼，使人们感觉脸上是浮着愉快；没有月亮照耀广大的平原，使人们感觉生活的丰饶。

年月的积累，平原变成了荒芜。人被带走，被驱逐，从自己的老家。年老的眼里偷偷地包着眼泪，无知的孩童们放声啼哭，女人们撕扯着自己的头发，向着男人的背影奔去，或者把自己投向了村前的池塘。

"再见吧，村庄！"

"再见吧，爷爷和娘娘！"

"再见吧，女人们！"

"再见吧，我们的孩子！"

年月的积累，人们的脸面变成黝黑，衣服变成褴褛，手和足已经不再感觉疲乏，愤怒的火烧焦了眼睛。

"把什么用得着的家伙全带上啊！"而人们，就带上了自己的家伙，一管土枪或者一根矛，一架火铳或者一把镰刀。

人们辗转着，突过了平原，转向着山地——从山顶，又俯望着平原，羡慕着城市。

平原是丰饶的呢，城市里有着更多的财富。

"然而，我们需要更多更多的兄弟！"

夜是黑暗的，没有星，没有月。

"不要像难民一样的啊，守守纪律吧！"

"唔，守守纪律吧，我们又不是吃大户。"

是狂风扫过了大地，是怒马在作着驰驱；风吹着，在平原上面，然而，却没有马蹄，只有人们的赤脚在轻捷地移动。

"到什么地方去啊？"

"到城里去！"

于是，风吹着，人们散开，又集合，跌倒，又爬起。平原咆哮了起来，赤色的弧线布满了夜的空间。

"倒了么，兄弟？"问着，感到自己的胸膛也正像裂了一个大孔，于是，蹲了下去，从自己的兄弟手里，拔下了那一根祖传的长矛，来不及给他的遗容作一个最后的注视，就向着铁丝布成的密网冲了过去。

城，在黑暗里屹立着，空虚的城里，燃烧着冲天的火焰。火焰如同信号，给了人们以顽强和固执，引诱和鼓励。

"步枪真是他娘个好家伙啊！"

"顶好的是机关枪。"

机关枪从沙堆后面伸出头来，发出无休止的威胁和呼啸。子弹呈扇形地放射出来，造成了奇异的火花。

"机关枪是可爱的啊！我 × 他个娘的机关枪！"于是，俯伏起来，像猛狗看准了目的物，把牙齿狠命地磨着，向前扑了过去。

黎　明

欢迎啊，太阳，从地底里涌上来的！你照耀着我们，使我们的脸面变成黑色，使泥土发出香味。你从原野来到城市，使城市里开出了无数鲜艳的花朵。人头攒动着，齐聚着在广场上面，布招上用拙劣的字迹所写的是："我们追悼着死去的兄弟。"

然而，没有人哭泣，没有人用眼泪作着祭祀。人们昂着头，想着无尽的转徙，想着从身边失去了的熟识的兄弟，想着在原野上增加了多少无家的孤儿，在茅舍里会有多少的寡妇忍住哭泣。

旗帜飘扬着，人们咬着牙，发着誓。

可是，太阳！——太阳，你的脸面为什么罩上了云翳？

河里，来了四艘炮艇；

天空，轰鸣着无数的飞机。

"啊啊，带上食盐和粮米！"

"啊啊，带上药材和布匹！"

"啊啊，每个人带上自己的武器！"

"再见吧，啊，再见，我们的城市！"

落　日

太阳沉落了，落在铁道以外的远处的田野里。田野是平静的，躺在惨白的月色下面。

秋风在吹，溪流却停止了歌唱；湖波静止着，因为它是过于悲抑。

在铁道旁边的田野里，躺着一个受了伤的兵士，他望着落日，同时，在记忆着是怎样失去了他的武器。

是用性命换来的一挺枪啊，那么小巧的一挺机关枪！他想记一记他曾在那挺小巧的枪上瞄准过多少次。

是为什么呢？是怎样的一回事？

是在南大街的街口，一堆沙包背后——天上，有铁鸟震响，从河干，炮艇发着炮——成群的敌人在街口外面俯伏，然而，不能冲进，因为他们知道，这里有三个兵士和一个优良的射击手。

"大队该走完了么？"

"我们也该走啊。"

"让我在这里堵，你们从北门快走。"

枪手记不起来他是怎样来到了这里，是怎样就躺在这美丽的田野上的。他想不起同伴们已经到了什么地方，而他自己，从什么时候起失掉了他那小巧的兵器。

枪手望着天上的镰刀似的月亮，流下了眼泪。他想试着从地上爬起来，然而，他已经失去了气力……

"再见吧，夕阳！"

"再见吧，月亮！"

"再见吧，同伴们！"

"再见吧，我们的城市和村庄！"

城市里，还遗留着炮火所点燃的烬火，然而，秋风却寂寞吹到平原上来了。

秋　风

秋风吹着金黄的禾穗了，禾穗是多么饱满的啊！

秋风吹着平原，秋收的时候到了。人们的心里充满着欣喜和危惧：这么多的谷子，全是属于种田人的么？

平原是丰腴的，在昔年：由湖泥淤积着，成就了今日的黑色的泥土。黑色的泥土生产着丰饶的谷米，供给着世世代代的人们的粮食。然而，世世代代的人们匍匐在平原上面，望着谷子被挑走了，而自己却感觉着饥饿。

"今年个，时世不同啊！可是，唔，说假话吧。这么许多谷子，全是属于种田人的？"

种田人们怀疑着，欣喜，而又恐惧；而秋风，就在正要收获的时候吹起来了。

地主们回来了，没收了谷子，也捉了人去。

秋风吹着平原，平原是丰饶的；金黄色的谷米堆积着，因为年月的积累，而化成了泥浆。

一九三六年八月

选自文化生活出版社 1937 年初版《白夜》

池　畔

越过岭巅，顺着山路下来，大池就在面前了。说是池，其实却是一个小湖那么大的，但是，人们仍然管它叫作大池。山溪潺潺地响着，从不知什么地方流来，灌进池里去。

暮春，桃花开始零落的时节。池边，微皱的涟波上面，浮着一些残败的花瓣，使人禁不住生出惋惜的心情。女人们搭了起来、预备洗浣衣物的石埠头旁边，堆积着一些腐烂的草席和破衣，使四围更其现出了荒凉的景色。

微风息索，有时发出沉痛的哀吟。连接着几个春雨的日子，天气仍然是阴寒的，不像这已是到了暮春。午后的太阳是稀薄的，现得异样地惨淡。山坡上，松林沉重地喟叹着，一会儿高声呻吟，一会儿又好像还没有充足的气力，就把那无力的尾声暗暗地咽下去了。

于是，一切就变得那么静，静得连池水底荡漾和松针落下的声响也竟能听出来。

我立在山坡上，望着池水，听着松风，正如一个从远地归来的旅人在看到故园底第一个标识所感到的那样，不自主地感觉着悲愁了。池水是清澈的，那么静；池畔全植着垂柳，有些且把那新发叶的枝条漂在水上。这些柳树也许有几株是我自己栽植的吧？然而，这是无法辨认的。一阵微风过后，池水就皱了起来，生出许多细微的波纹，而柳枝也就轻轻摇摆，发出低低的呜咽。

大池还是老样呢，好像一点也没有变动——我想着。难道时间在这里竟不曾留下它底痕迹么？几年以来，啊，应当是十年了，世界真是翻了一个大转身！大池旁边是怎样呢？不是和别的地方一样么？人们被煎熬着，在苦难里挣扎着。年老的一辈应当快要折磨得没有存在的了，壮年的人们，也许不会有许多剩下来的吧？大池底水是应当腾沸起来，甚至由腾沸而干掉的。

然而，大池还是老样呢：池水还是这样清澈，这样平静，连池畔的柳枝也还是照着老样在摇摆着呢。

　　在往昔的年代里，我想着，有着少女和寡妇所生的孩子在这里被投到池里去，连着血迹未干的裹布；有受委屈的妇人到池边来自寻短见，将自己投到水里，或者挂在柳树枝上；甚至也有年轻的男子被逼迫着到这里来了结自己底少壮的生命的。而且，为着争抢池水底灌溉，在六月干旱的时节，不是有村人们不顾性命地互相殴斗的么？

　　如今，还有人倒毙在这里么？水还抢么？如今，在池水底里，谁知道有没有一两片枪弹壳或者一两枚未曾爆裂的炸弹被埋在那里呢？

　　但是，在大池旁边，从来是没有像这样荒凉过的。无论在山坡或池畔，都看不见一个人影。从山坡望过去，大池底彼岸，田野多是荒芜着，只有少数的几块里面长着青黄的麦苗，然而，是那么萎瘦、稀疏，那么没有蓬勃的生气。赤裸的，和虽然犁过却未曾播种的田里，麻雀成群飞着，互相追逐，从池子这边飞过去，落在田间，又从田间飞回来，钻到林木深处，就不见了。一只老鹰从田里攫起一条还不能敏捷地活动的小蛇，沿着池子打了几个旋转，就尽着向上腾飞，一直冲破云端，变成一个黑点，随后也不见了，似乎是在那高空里随伴着它底攫获物一道儿得到了灭亡。

　　我把眼睛低下，感叹地望了望四周，几乎不知道我是来到什么地方了。我穿越着松林，想寻觅一处昔年曾有茶亭的山坡，从这里，是可以看见村庄南端的柏树的。但是，茶亭却已经不存在了，连一点废墟底遗迹也竟是找不到。我又回到池畔，在山坡上颓然坐下来。

　　阳光从头上的林荫里斜透过来，但我不能感觉任何热力。我想着村里如今该是变成了什么模样——在那里，一别十年，也许连一个相识的人也会找不到的。父亲还在世么？那可怜的老人在年代底过去里有了怎样的改变呢？哥哥呢？哥哥还是在过着他那可憎厌的生活么？母亲底坟上如今会不会已经长起了青草，或者还是正如十年以前一样，只是一堆惨淡的黄土？我不能想。一切对于我都已变得这样隔膜，这样生疏了。

　　湖水低吟着，松风却已经变得异样地凄厉，好像在泣诉着无限的哀愁似的。

　　我倦怠地坐在山石上，一切的思想在我底心里朦胧起来了。想着从那古旧的家出来的时候，父亲就已经有了斑白的头发，那是在母亲死去的那年，父亲底头发在几个月之间就变了颜色。哥哥是一个赌徒，一个醉鬼，并且时时跑到镇上，俨然一个绅士似的，躺在烟铺上抽着鸦片。有时候，父亲从村里拄着拐杖，赶到镇上，走进那陈列着烟铺的燕子窠里，就用拐杖敲碎了那摆在儿子面前的烟灯，并且跪在儿子的面前碰响地磕着头，打着自己底脸，好半天爬不起来。

母亲死的那天下午，哥哥还是躺在镇上的。

"××，你是你姆妈底好儿子，你姆妈疼你，老子疼你，你不要学你那哥哥！"父亲匍匐在母亲底遗体旁边，眼泪流满了一脸，这样不住地说着。

回到县城，把学期完毕；假期回来，把母亲底棺木送到了村南柏树荫下的祖坟上以后，一晚父亲在那空虚了的厢房里又呜咽着说道：

"你不要去到那么远的地方去罢。你去做什么？我老了，你留在我身边吧……"

父亲不能说下去，只是抽咽着，摇晃着他那斑白的头。

"在家里又做什么呢？像哥哥那样当绅士么？"

老人没有言语了。他望望那四围的泥壁又望望自己底儿子。他知道，这从祖父遗留下来的老家是不能再遗留给自己底儿子了。它对于年轻的一代已经失去了吸引力，他们对它是不会再有留恋的了。他于是深深地叹了气，垂下了他那斑白的头，低低地喃喃道：

"好，去罢。我知道，这老家不是你底地方。去罢，我舍了你。我知道，你去了就不会回来的。从小你就硬，如今你翅膀健了，你喜欢飞，你就飞罢。"

煤油灯惨淡地照着老人底枯瘦的黄脸和黄色的泥壁，那时，哥哥还没有回来，也许正在镇上醉着，或者，正躺在烟铺上和绅士们高谈着镇上近来出了歹人的新闻吧。

于是，那些风暴的、热情的年代来了。一个神奇的城出现在地面上，一切的青年人，从各个乡村，从各个市镇，全奔向着那辉煌的、那寄托着他们底景慕的城里去，有的从那时候起就变得显达，成了人们羡慕的对象；有的，却在那些风暴里面树上的鲜花似的被摧残了，落入泥土，被人践踏，就不知道踪影了。

一滴眼泪不知不觉地流到了我底脸上，我忽然意识到我正是一个盼望着自己底家园的远道归来的儿子。

阳光忽然变得阴惨了，松涛接着也悲切地呜咽了起来。

池子那边，不知在什么时候出现了一个人。他背着一个用竹竿撑成的捞网，竹挡子拿在手里，腰间系着一个笆篓，缓慢地走下池来。虽然是在这暮春的时节，他却仍然穿着厚重的、臃肿的短袄，并且不断地咳嗽着，嗽声从池水上面飘了过来，显得异常空洞。他先将赤裸的脚在水面试试，然后卷起裤脚管，谨慎地把脚伸到水里，沿着池边，安下了他底捞网。他底动作是非常认真的，而且缓慢的。然而，在这种时节，能够捞得着什么呢？

我奇怪着，就穿过柳树底林荫，绕到池子那边，看着他。他似乎也惊觉了有人来看他，也把头抬了起来，朝我望了一眼，那眼睛是显示着稍许的惊异的。他大约还很年轻，有瘦削的脸面，深陷而无神的眼睛，和尖削的下巴。他望了我一眼之后，仍然低下头去，谨慎地把挡子朝着网边进逼着，接着把网从水里提了起来，但是，所得到的却只是一些不断地流了下去的水滴，连一条小鱼混子也竟没有。他摇了摇头，又把捞网推进水去，但是他却并不注意自己底网，却把头抬了起来，朝我望着，这一回，简直是若有所问地对我端详着了。那深陷的眼睛使我忽然记了起来，这正是同村的旺生哥儿。

可是，却是他先叫了起来：

"是幺叔么？"他底脸上微微现出一点红色，似乎有些害羞，一面做出像要从水里爬上来的样子。

"你捞罢，"我急忙说着，阻止着他，"你是旺——"

"是的，你老，"他一只脚站在水里，另一只已经踏到了岸上，就那么呆站着，似乎有点畏怯，"你老还记得？"

"是旺生哥儿，怎么不记得？"我说着，想着旺生哥儿今年也不过二十来岁，就有这样老，我不禁说道："旺生哥儿成了大人呢。"

"幺叔也是大人了呢，"他把一只脚缩回了水里，两只脚不安地移动着，"幺叔是得了哪个底信？"

"哪个写信我的？"

旺生哥儿惊奇地抬起头来，然后，似乎忽然记起了这对面的原不是一个从镇上或者从县城里回来的人，而是一个不知怎样又从黑暗的阴影浮现出来的人，就把头又低了下去，好像对自己说着似的：

"蔼爹过世快半月了——"

我怔了一怔。那么，那可怜的老人终于死去了。我没有悲哀，我只感觉着异样的平静和空虚。我什么也想不起来，我底心空得使我自己几乎窒息。忽然，好像堤防忽地溃决了似的，心里一阵酸，眼睛就不自主地湿润了。那可怜的老人，在临死以前也许还在盼望着自己底不知下落的儿子吧？

"幺叔也太……蔼爹断了气，眼睛还一直闭不拢，是南头茂山三爹来劝了好一会儿，还在柏树底下放了十几铳，喊着幺叔回来了，这才把眼睛闭了的……幺叔做什么不写封信回呢？"他责备似的问了，眼睛突出着，仔细地端详了我好一会儿，看见我只是没有回答，于是又说道：

"自从幺叔出了门，蔼爹就没有往年健旺了，把馆也辞了，见了人也不大说话。大叔一天到夜在集上鬼混，一钱事不做，几石好田败完了。可是，总算是读了书底好处，上年子在镇上团里干公事，几个月光景也很捞了几百洋钱。蔼爹下土的时候，还很热闹呢。可是，那些好田地，要想再捞回来，怕就难了。"

旺生哥儿叹了一口气，又咳嗽起来，似乎也在悼惜着那家业底凋零，于是，把挡子不在意地挡了几挡，忽然问道：

"幺叔在外头真没遭到凶事？"

"遭了凶还能够回来？"我勉强笑了笑。

"茂生当铺底四老板说是在汉口还亲眼看见……"

"都是瞎说。"

不知从什么时候起始，风已经急厉地号着了，池水震荡着，柳枝全发出哀切的吟声，松涛尤其响得可怖。旺生哥儿把网举了上来，仍然是什么也没有得到。于是，绝望地望了望天——天上，几朵乌云正在幻变着，太阳早已不知道隐到什么地方去了。

"下了好几天雨，早半天刚晴起来，这一下又变卦了——什么事都难讲。"

他接着呛咳了起来，满脸涨得通红的。

"不大舒服么？"

"哪里，去年冬天到沙河口做堤工，给头脑打了几扁担，吐了点血，又受了冷，今年就咳了这一春。不晓得是不是痨——"

一层阴郁的影子忽然罩上了那因为呛咳而涨红的脸面。我想着这曾是村里第一个活泼而结实的孩子也竟然变成这样，就不知道对他说什么的好。

"你父亲还好么？"

"你老问我伯伯？也还不是那样勉强过。人是老多了。"

"这几年大家都过得还好？"

他摇摇头，把深陷的眼睛闭了闭，似乎是说着这几年大家所过的生活不是用口说得出来的。

"你老看看这样子！以前，哪有这样子的！唉，世界真是翻了一个大转身子，田地都磨掉了一层皮。自从那年子起，到如今，没有太平过一天。几年大荒年，不饿死人！哪个不要命？哪个不想活？还不是没法！从前年到去年，人荒马乱的简直闹了两整年，天天抓，天天捉，我也跑出去大半年不敢回来呢。"

他停止着，似乎是在思索什么。忽然，他从池子里爬了上来，把捞网抛在一边，走近我来，亲切地问道：

"幺叔，外头到底闹得怎样？"

"还不是那样。"

"不是说快亡国了么？"

"怕要亡了吧。"

"这种世界——"

田野里，麻雀依然成群地飞来飞去，在薄暮里吱吱地叫着，互相追逐。

"这如今，有田的人都找不到人种了，"他自言自语着，"死的死，逃的逃——南头屋里德明哥几兄弟简直就不晓得跑到哪里去了。还有杨家湾里也有好几家，男男女女的都不晓得怎样不见人了的。"

他忧伤地望着田野，我也忧伤地朝着他所望的方向望去。这些田地，在以前不是每年都生长着丰茂的小麦和金黄的稻子的么？大池附近的田地，在从前，不是八成租也不怕没有人种的么？然而，如今却大半成为荒地了。

"我伯伯如今也没有田种了，只是打短，"旺生哥儿又说了，"种田种不起呢。幸亏没有种。槁扒叔领了当铺里八斗秧田，看看是种不成了，到如今还借不出种子来。——幺叔在外头成了亲吧？"他忽然记起似的问了过来，脸上浮着一种又狡猾又朴实的微笑。

"成什么亲？一个人都顾不了。"

"笑话，你老——"

"你们也吃了茶饭吧，你和你那敏姑儿？"

他忽然战抖了一下，似乎感觉了一阵寒冷，把头低下去了。呛咳又开始把他那瘦削的脸面涨红起来了。

"敏姑儿走了——"

"走到哪里去了？"我惊异着。我记得旺生哥儿底那童养媳妇是一个极其伶俐又很能干的女孩，她有一双大眼睛和常年都是鲜红的嘴唇，她会说会做，自从旺生哥儿底母亲死去以后，她就被接了过来。虽然那时只有十三四岁的年纪，但是可以说一家都是担在这童养媳妇儿底肩上的。那时，旺生哥儿大约还只有八九岁。

"晓得她？那是前年。总是和杨家湾里的那一群人大伙儿走的，"他低低地说着，接着又加上一句，"可是，我不怨她。"

"你们吃了茶饭的么？"

"哼……"

"有小孩？"

"生了一个男的，可是敏姑儿没有奶，就活生生地饿死了。走的时候又怀着身的呢，我就是放心不下这点……"

沉默来了。天色已经傍晚。山坡上，一带松林晃动着深密而浓重的黑影，说着不可了解的怨语，一时如同哀楚的呜咽，一时又变成愤怒的喊叫。池水也在岸边击碰着，发出波波的不清白的低诉。

"世界果真是翻了一个大转身么？"我想着，"也许并不吧？"

而我自己呢？我把我自己翻到什么地方去了？这几年，我是怎样过去的呢？而现在，我是为着什么从远地回到这故园来的？我是来做什么的呢？是来追悼故园里母亲底坟墓，或者是来看大池旁边的暮春零落的桃花？我现在应当向着什么地方去？

我惶惑地四面望着，四面好像已经布满了狰狞的鬼影，似乎我已经落在一个不知道应当向着什么地方走去的境界里了。我底脚步迟疑着，提了起来，又放了下去。

"幺叔是先到集上大叔那里去呢，还是先看看谒爹底坟？"

我惊恐地望了旺生哥儿一眼，摇了摇头，就急忙绕过池边，爬上山路，顺着所从来的旧路，向着所从来的方向，头也不回，急急地走着了。

一九三六年三月
选自文化生活出版社 1937 年初版《白夜》

野　草

母牛在慢慢地咀嚼着，不时，从间壁的牛房里传出那大颚子底开阖所发出的响声，正和一个人在使力舐着自己底嘴唇一样。母牛真安静呢，而夜晚，也是同样安静的。惯常在后山吼着的松风，也停止了它底呼吸；狗也没有叫吠。整个的村庄，甚至整个的平原，该是全都睡熟了吧？

然而，一切是多么地过于静寂啊！

女孩子觉得这夜晚是过于寂寞，过于安静的；而生活，也同样安静而且寂寞。她还刚刚十六岁，母亲在一年前已经死去了，只有一个父亲，而他，却每个晚上把她留在这祖遗的房屋里，自己则到镇上去，一直到午夜以后才醉醺醺地歪歪倒倒跑回来，有时，抚着在田沟里拐坏的腿子，孩子似的哭泣；有时，则疯人一般地要求着冷水，没命地灌下肚去。

荒唐的父亲啊！——女孩子叹息着，感觉寂寞和恐怖。父亲也不过才四十岁的人呢，然而，为什么会那样衰颓呢？抽鸦片，纵酒——那是祖父应当负责任的，他不该在他底好日子里放纵了他底儿子。而现在呢？一面黑影出现在女孩底眼前，那就好像是父亲已经从镇上回来，不曾听见敲门，不曾听见村里的狗叫，那消瘦的影子就出现在她底眼前来了。她抖了一抖，拿起火油灯来，走到了间壁牛房里去，好像在这阴惨而寂寞的屋子里，惟有那匹母牛才是一个可靠的伴侣似的。

母牛已经衰老了呢。它安静地躺在那里，虽然明知道有人来到它底身旁，但是，却没有动一动的意思。它底头伏在地面，眼睛好像已经阖下，而骨瘦的身体，在那安静的躺卧姿态里，似乎更为现得支离了。年轻的女主人把灯照到它底眼前，端详了一下它底呆滞的眼睛，于是，抚抚它那带着白花的头额，忍不住地有着想要哭泣的抽搐了。

"母亲……"她模糊地啜嚅着，一滴眼泪不自主地流下了她底面颊。她记起来，那母牛是母亲坚持着要买来的。母亲是一个能干的妇人，不愿意把自己底田地佃给别人，却宁愿自己雇了人来耕种。她自己，那时还不过十岁，她也爱这头母牛，它驯良，在那时，它还年轻，有些害羞，怕人摸它底脸面和鼻子，同时，却又非常淘气，爱故意扬起头来，让幼小的女主人底手不能顺利地摸到它底犄角。她记起了她曾经牵着它，愉快地走到祖母底坟边去，去牧着草。她把它叫作"傻子"，叫作"蠢货"，而它，则把尾巴一撅，趁着她还不曾把缰绳系到那脱了皮的柏树上面，就如飞地跑开了……

然而，记忆却不能永远这么明朗。一层黑的阴影罩上来了。从那时以后，她就被送到城里去，在一处有如修道院的学校里被禁锢起来了。老处女们底眼睛是严厉的，言语是急促而愠怒的。人们不再教她唱着山歌，却教她唱着敬神的歌曲。到这时候，是临到别人来叫她"傻子"，叫她"蠢货"了。

"傻子，敏子，你十二岁了，你可晓得？年纪不小！"可是，到明年，别人又来提醒她道："蠢货，敏子，你十三岁了，还不会作祷告？上帝要罚你的！"

她轻轻地咽了一口气，从牛房里，照样端着火油灯，再回到堂屋里来。她畏缩地把油灯安置在油腻的方桌上面，随手捡起一本有着五彩图画的书本，那是关于一个殉道的女圣者的。她望着那被人殴伤的女圣者，躺在广场上面，天上有着月亮底银辉，在圣者身旁，有着无数的天使掩着美丽的翅翼，好像是在欢唱，也好像是在哀哭；她望着那殉道者底脸容，虽然有着血痕掩映，然而却仍然是那么庄严，那么平静，那么美。她有一些幻想，她想着在那遥远的天上，生活应当是快乐的；她想到她底母亲，那个慈祥的妇人，只在三十五岁的时候，就死掉了的。

"母亲会在那样的地方么？会在那美丽的地方么？然而，在这里，在这个世界，人们是多么坏，生活是多么苦啊！"

在村头，忽然传来几声断续的狗吠。她抬起头来，静听着，也许是父亲回来了吧？然而，狗吠声立刻又停止下来，整个村子，一时又重归静寂。

"是赶夜路的人从村头经过呢。"她又低下头来，继续着她底思想。她有一些秘密，但是，她不知道向什么人去告诉。在乡村里，她感觉她该疏远每一个年长的人，而对于少年人，她更感觉有一种不自主的羞怯。她孤独着，她不会对人说话，而别人，也同样地用着歧视的眼睛看她，要不然，就是给她嘲笑："啊，敏姑，乡下住不惯啊！"或者，"敏姑，到底是城里人啦！城里人比乡下人好啊，多斯文！"她感觉得羞惭，感觉嫌憎和恨恶，然而有时也感觉一些自满。可是，有什么可以自满的呢？

她埋怨着父亲，那个荒唐鬼。她看不惯他，那读书的人，那假充比别人有着更多知识的乡绅，当她听到别人用着讥讽的言辞提到父亲底荒唐和

142

不必要的装腔作势的态度时，她恨不得立刻就要离开这个可憎恶的地方，然而，一提到要走的话，父亲就怎样说呢？如果他不是酒醉，他就说道："敏儿，好啊，算了罢，我快老了，你饶我个好死罢。"话是说得那么凄凉，望着他那瘦削的脸面，真是只有觉得他会快死的了。然而，如果在他醉着的时候呢，他就会格格地发出一串断续的笑声来，把眼睛斜视着，用那颤动的手拍着自己底胸膛，咿咿唔唔地说道："老子……老子不才……老子跟你找一门好亲事，有钱有势；老子也搭着享点儿老福……"

荒唐，愚昧，自己不知道自己已经如何破落，如何被人瞧不起，而且，对于任何事情，就是对于女儿底亲事，也不负责任——父亲啊，那样的就是父亲。如果母亲在世的话……她把头俯在案上，感觉失去了什么；她觉得屋子这样空洞，而且，空气是这样寒冷。她恍惚记了起来，在那城市里，当她还在"学校"里的时候，是怎样地在每个清晨，当天还微明着，太阳还没有出来的时候，她就和别的女孩子们被带着到教堂去，在那里，教堂也是空洞的，空气也是寒冷的；在那时，她就想起乡村里的家来，她记忆着，渴慕着家，母亲底慈祥的笑容和村人们底诚朴而诙谐的脸面——家，在那时候，是温暖的啊！然而，现在呢？家是破落的、空虚的；整个的乡村，也是破落的、空虚的。

有一个小而圆的脑袋，一张泛着红色的小脸，一束乌黑的鬈发，一对灵活的瞳子，浮到了她底记忆里来。那是一个小孩子，在她去到城里的第一年，每天坐在她底身旁的那个孩子，比她小四岁，然而，是那么可爱，而且，对她是那么亲密。在第二年，那可爱的小孩子就不再坐在她底身旁了，因为他是一个男孩子，已经到了应该离开一间女学校的年龄。她记忆着他，感觉失去了他。他现在是在什么地方呢？是不是还在那城里，或者已经去到了更大更大的城市？是的，人们在长大起来以后，多半都是跑向更大的城市去的。而且，他现在变成了什么样子呢？十三四岁的少年啊，一定是更美丽、更可爱的了。

一层红晕浮到了她底脸上，好像是无意之间对着陌生的人泄露了一个少女底秘密似的。她有着许多的秘密，她感觉无论怎样也要向一个人倾吐出来；她想提起笔来，在纸上写，慢慢地写，像在学校里的时候偷偷地给一个亲密的学友写着一张一张的小纸条似的。然而，现在，她是没有学友了，她应当写给谁呢？她从那积满灰尘的笔盒里拿出一根细的铅笔来，在一本抄本上轻轻地写下了两个字：

"妈妈——"

而在灯焰里面,妈妈底慈爱的脸面就好像出现了来;仍然是那样含着微笑,眼睛和嘴唇仍然是显示着坚决和良善,头发上面仍然是包着那块印着蓝色条纹的头巾。女孩子底手指战栗了,她深深地认识那个脸面,她想要捉住它,然而,她知道那不可能,于是,低下头来,在纸上迅速地写了下去。

"妈妈,我看见您在我底眼前,可是,您离开着我却够多么远!我想您来,想您回来;我在这里是这样寂寞。这是怎样寂寞的地方啊。没有妈妈的家庭,是怎样可怕!

"父亲还是照样荒唐,不,比以前更荒唐。他每天在镇上躺烟喝酒,什么事情都不管。我们底家,您知道败成了什么样子?不到明年,我们都会变得没有饭吃的。妈,您以前领着耕种的那些田地,如今,大半都不属于我们了。

"母牛阿黄也老了呢,没有精神,青草和黄草都不高兴吃……"

她望望灯焰,母亲底脸面变得多么模糊啊,好像是有一些泪花挂在她那含笑的眼睫上面,使那慈爱的脸面变成看不清楚的影子了。她急忙又低下头来,疾疾地写着,好像怕那模糊的影子转眼之间就会消逝。

"……妈,我怎么办呢?您怎样来安排我呢?父亲对我什么事也不管,他也没有钱把我送到城里去读书。他忘记我了,好像他已经不记得他还有一个女儿。并且,他自己已经变得多么卑贱啊,别人是怎样把他不当人,藐视他,嘲笑他,一点也不尊敬他啊!他忘记了我已经十六岁,不是小孩子了,但是,他……妈妈,别人瞧不起他,瞧不起我们呢。在乡下,没有合式的人家做亲,人家不要不会作田的女孩子,人家把我们当作了另外的人。妈妈,我怎么办呢?没有人理我——我……我……我是一根野草啊……"

油灯快近熄灭了,只剩有一星如豆的火花,而母亲底影子,也忽地消灭了下去。女孩子把头俯在案上,手里握着笔。"母亲,您在哪里呢?"她喃喃着,"我要到你那里去……"

在间壁的牛房里,母牛轻轻地叹息着。在村子底一端,狗吠声传来了,凄厉而且恐怖;然而,父亲还是没有回来呢。

一九三六年九月

选自文化生活出版社 1937 年初版《白夜》

光

　　"有一点光么？"

　　"不，没有光；那是闪电。"

　　"不，我相信，有了闪电，就会有光的。"

　　房间阴湿而且黑暗，发出一阵霉烂的气息，好像这不是会有人住的地方，这是一座坟，它将人压着，埋着，使青年的血和肉，变成枯骨。

　　我把窗推开，因为沉闷几乎使我窒息。傍晚的天，黑暗加重了；几天以来，天从来不曾开朗过，只是使人窒息的沉闷。如果这是在暴风雨欲临的时候！然而，这沉闷却是使人窒息的。

　　"你回了？"

　　"是的。"

　　"一个人？"

　　"一个人。"

　　沉默又回复了，占据着黑暗的小房，使人感觉这不像是还有活人居住的处所，只是，那沉重的喘息声却是那样急促，如同有人正在挣扎着那最后的呼吸。

　　同居的这孩子又病了，病得好几天倒在地上，不能起来。酒精的气味，硫酸和硝酸的毒素，把他毁了，使他不能支持，只是不断地发着热，从早到晚，都留在昏迷里。而那一个，壮年的一个，却出去了好几天，一直不曾回来。

　　"你看天么？"

　　"不，我闷。"

　　"今儿个天气还是那样？"

　　"还是——不会有改变的。"

　　这孩子还只十五岁，原来就不是一个健壮的孩子，他笑了一笑。笑得那么脆弱，接着，就牛鸣一般地咳嗽起来，而且加重地喘息着了。我走到他的身旁，摸摸他的头部，那正如同酒精灯一般地发着燃烧。

"你要水么？"我仍然摸着他的头，看定他的燃着火光的眼睛。

"不，我要风，一阵狂风。"

他呜呜咽咽地哭了，挥起手来，抱起火热的头，苦痛地哭着。他怨恨，他咒诅，他挣扎着，想从地上跳跃起来。

"为什么是这样啊？这是为什么？"他嚷叫着，用手拍着自己的胸膛。"忍耐呀，忍耐呀！我不能再忍耐。我快死啦，我快给压死啦！"

从他那鬈曲的、焦黄的头发，从他那艳红的、害羞的少女似的脸面，从他那深陷的、闪着火样的光芒的眼睛，那苍白的牙齿，那突骨的手臂和胸膛，就知道在那似乎可以一敲即碎的胸膛下面，肺叶也许早就被酒精、硫酸和硝酸，和一切有毒的气息，侵蚀得成为灰白的絮团了。他苦闷地嘶喘着，一直到气力不容许他继续嚷叫的时候，他才沉默了。

而世界也正沉默着呢。黑暗重重地罩了下来，犹如举着千钧的起重机忽然断了铁索，整个的重载全部落到了这坟墓似的屋顶，已经将我们压得粉碎。

没有灯，窗外也没有光亮；阴湿和黑暗发出腐烂的气味，使人窒息。

"为什么啊！这是为什么啊！"孩子喘息了一会儿，又嚷叫起来了。"放我，我要出去呀！"

"你要到什么地方去？"我按紧他的手和他的身体，但是，他却正如一条猛兽发狂了似的，和我击斗起来。

"我去找他去，找我哥哥去。他定是给人抓啦，给人骗去啦！我去找去，我知道他会在什么地方。"

然而，他却昏倒了，喘息着又倒到地上来，似乎连辗转的气力也不能有。他叹息了一声，好像这叹息给了他苏息，于是，以一个长时间的呼吸的停止，他便开始低低地啜泣起来了。

雨滴开始滴滴答答地落着了，然而却落得那样稀疏。我记起，在一次暴风雨的时候，人们是怎样在市街上面成群地集结着队伍，兴奋地向前冲进着，高声地呐喊着，唱着庄严而雄浑的进行曲；怎样在枪棒之下人们疯狂一般地抗战着，被冲散了又重新集合，被打倒了又重新跳跃起来。

暴风雨会第二次来的吧？

然而，这孩子却衰颓了，衰颓得好像断了气息。他沉默地躺着，不再动弹，不再挣扎，也不发出任何声音。枯了，如同一株年轻的树被烧枯了一样。

我战颤地把他抱了起来，抱在我的怀里，摇撼着他。他疲倦地微睁了眼，以低的声音问道：

"天快亮了么？"

我摇摇头，回答说："还没有呢。"

于是，他的眼睛又疲倦地闭下了。

一线闪光射进窗来，接着一声巨雷的震响。孩子又睁开了他的眼睛，焦急地问道：

"有一点光么？"

"不，没有光，"我回答说，"那是闪电。"

"不，"他笑了一笑，"我相信，有了闪电，就会有光的。"

一九三六年五月

选自文化生活出版社 1937 年初版《白夜》

影

　　我时常看见一些影子，这是一些幽灵般的影子，它们缠着你，使你苦恼。它们在你眼前晃动，在黑暗的角落里发闪，并且有时也幻出怪异的形状，使你惊吓。然而，它们并不是真的幽灵；这是一些活着的，它们有着年轻的血肉，却被活活地埋葬了；所以，那情景就是那么凄厉可怖，令人战栗。

　　我不能忘记一个影子，它每日在整个房间里乱摇乱晃着，撕碎自己底衣裳和头发，哀痛而愤激地叫喊着，简直好像要把自己毁灭了一般。

　　那是在我新搬到一间后楼去的时候。夜静了，四围的小工厂已经完全停止了机轮底转旋声和金属底碰击声。我疲倦，然而我不能睡。生活是可怕的，它压着人，使人不能安心地享受休息底乐趣。我审视着四围的板壁，听一听附近的人可曾全都熟睡。然而，一切都静着，没有声息。我走到窗前，想从窗口望一望天色，但是，天是黑暗的。对面，一间小房里，窗开着，灯还亮着，一个女人坐在床边，是一个年轻的女人——一个年轻的母亲呢，因为她手里正抱着一个婴孩，好像一个母鸡用自己底翅膀抱拥着她底鸡雏似的。她底头发蓬乱着，好像刚从恶狼的厮斗里抽出身来的一样；她俯身下去，亲一亲孩子底额，于是就在那年轻的、苍白的、嵌着两只呆滞而又光彩的眼瞳的脸上，浮出一丝微笑来。她底身体是那么单弱，虽然在那轮廓上面可以看得出来一个被埋没了的青春。她把孩子放在床上，谨慎地安置在枕头上边，注意地端详了好一会儿，于是口唇开合着，似乎是在说着一些无限慈爱的言语，于是就把孩子重新抱了起来，紧紧地搂在怀里。她张大着嘴唇，大声地笑了，那笑声是那么凄厉，正好像是无限绝望的叫喊。她抱着婴儿，站立起来，而那永远不能令我忘记的影子般的摇晃，就开始在整个房间里旋转起来了。她摇晃着，旋转着，如同一阵风，一阵发狂的风；她跳着，转着，口里呼喊着，咒骂着，哀痛地号叫着，愤激而疯狂地撕碎着自己底衣裳和头发。

一个悲惨的景象出现在我底眼前了。我恐怖地观望着，恐怖的思想抓住了我底脑子，使我呆住；我扪住我自己底头，想要呼喊，然而，好像是被压在一个毒恶的梦魇下面，无论怎样，也不能发出声音。

第二天正午，一个穿着酱色绸长衫，戴着黑色呢帽的中年男子，领着两个工人来，并且带来了一口小小的木皮做的棺木，从女人底怀里硬把那婴孩抢了过去。女人如同一匹母狼般地挣扎着，冲突着，她底脸面青白，面颊如同一具骷髅，凶狠的眼睛深陷着，发出寒冷的光芒；她抓住那男子，露出牙来，用蓬乱的头对准他底胸膛撞去，一面喃喃地说道：

"你害人！你把我骗到了手，你就丢！你骗得我苦……"

她底眼睛忽然发红，青白的脸面忽然涌上赤红的鲜血；她磨着牙，凄厉地叫喊着，两只手鹰爪一般地飞了过去，像要攫住那男子底咽喉，但是男子却狞恶地笑了一笑，并且骂道：

"再装疯，老子揍了你！"

于是，一拳朝着女人底眉头挥了过去，女人就仆倒了，倒在地上，再也爬不起来。

"死！贱货！死了，再舍你一口棺材！"

女人在地上痉挛地抽动着手足和胸膛，不断地发出窒息而苦闷的笑声；两个工人把婴孩装进了带来的小棺木里，一个人扛着，一个人跟着，无声无息地走了。那男子，却仍然站在原来的地方，望了地下的女人一眼，于是，从酱色的绸长衫里掏出一张红色的纸票来，掷在那凌乱的床上，再望了女人一眼，就带上门，也无声无息地走了。

连接着三个整天和整晚，我底头发着热，心，急剧地跳着，好像要从喉头涌了出来一般。每一抬头就可以看见那女人怀里抱着一个枕头，在整个房间里，影子一般地摇晃着，旋转着，有时高声狞笑，有时愤激地呼号或者悲切地痛哭——这使我如同处在一个噩梦里面。无论在什么时候，只要有人出现在她底房间，叫她一声："阿秀！"她就会立刻一只手搂紧她底枕头，另一只手把无论什么可以到手的东西掷了过来，并且磨着牙，切齿嚷道：

"你骗得我苦……"

"阿秀，清醒一点罢，你哥哥就要出来的，你哥哥出来了你就好了。"有时，邻人像这样劝解。可是阿秀却把眼睛一瞪，愤怒地嚷道：

"放屁！我哥哥早就给人害死了！"

于是，阿秀就突然呜呜咽咽地痛哭起来。

阿秀死了，但是，那旋转的影子我却永远不能忘记。

影子晃动着，在我底面前；它们旋转着，如同一阵羊角风，在这里，是一个少女，活泼的，然而是柔弱的；在那里，又出现了一个青年，憔悴，苍白，脚上锁着沉重的铁锁。一个两个，五个十个。一个年轻的母亲，她抱着她底婴儿，晃动着，而且旋转；而一个戴着黑呢帽的男子却又出现了，他将所有的影子全都吞没。

一九三六年五月

选自文化生活出版社 1937 年初版《白夜》

合　唱

孤　独

独个儿在马路上面走着。细雨滴落着，从路旁瘦梧桐底叶上。梧桐瘦了，旅人也瘦了。

秋天呢！寂寞的是旅人底脚步。

想着故乡的江畔，现在是应当飘着雪花了，江面已经结成了坚冰，街道上，也会铺满积雪了。人们在街上低着头走路，将怨恨和呻吟压在自己底心头。没有人能发出一声叹息，也没有人能够喊叫。

雪野上会有血痕吧？反抗的旗帜会插在铺着积雪的山径和山谷吧？弟兄们还强壮吧？两年来，在严寒里蛰伏而且挣扎着的生活会使他们变得铁样地坚硬的吧？

然而，在这里，却是陌生的异地——虽然这是故国。在这里，也有着异国底魔王和自国底鬼卒；在这里，也是不许有谁握紧自己底拳头的。

遥远地，遥远地，故乡在焦灼的心头闪着绚烂的火花。故乡是可爱的呢，然而如今，那却已经变成：

"有家归未得。"

心寂寞了。桐叶落着，奏出悲凉的曲调。

童年时的伴侣们，他们到哪儿去了呢？有的逃亡到不知道的地方，有的却死在敌人底枪下了。老年的白发的祖父们呢？他们将悲叹着："死无葬身之地。"

家园给蹂躏了，如同被污的处女；广大的田野，植满着大豆和高粱的，如今已经变成了异族人底产业。父亲将流涕痛哭的。他将匍匐在地上，抑住愤怨的火，屈辱地磕着头，哀求着；然而，这能挽回他底命运么？

一滴辛酸的泪从心底里滴出来了。温暖的泪滴，随着细雨，溶解着旅人底心的愁绪。然而，是寂寞的呀。

寂寞的，是旅人底脚步。

想着：应当呐一声喊，或挥一挥拳，但是，束缚是沉重的，身上如同背负着重重的锁链——拖着，挣着，向哪儿去呢？

回答是：

"没有地方，

没有地方是你底故乡。"

于是，低下了头，独个儿向前行走。而旅人底心，就憔悴在故国底土地上了。

合　唱

沿着静寂的路，急促地走着。五月底夜晚，荒凉残破的街上悬着红灯；微风吹着，是温暖的夜风呢。我任夜风拂着我底脸面，一面回忆着几日以来曾经看过的事情：在这里，人们冲过街头，遭受着殴打；在那里，武装者用木棍和枪托驱逐着群众和同胞。

故国么？在故国里我看见的是什么呢？我想唱一曲歌，但是我底喉咙嘶哑，我想我是再也不能唱出一句稍稍激昂的歌的了。

然而，在小小的厅堂里，帷幕却揭开了来：蓝色衣衫的，脸上涂着油污或者手皮生着裂纹的青年的男人和女人出现在台上了，全个小小的厅堂顿时来了沉默，一切都是静穆和庄严。人们沉着呼吸，矮小的、穿着灰布长袍子的指挥走上了临时搭成的指挥台上，而一个合唱就开始了。

矮小的指挥屈着腰，挥动着手，青年的人们是多么热情地唱着了啊——

"打回老家去！

打回老家去……"

我战栗，眼泪湿润了我底眼睑，在我底眼前，出现了那老家，遥远的天外边的老家。老家里的人们，是在浴着血，以血和肉的斗争，响应着这年轻人们底歌声吧？然而，血和肉，在苦难的隔离里，却变得模糊，变得遥远了。

人们唱着：

"把我们底血肉

筑成我们新的长城——"

人们喊着：

"前进！前进……"

整个厅堂回响着"前进"的歌声了，人们全有着奋兴的脸，呼号着，要求所有在场的人同唱一个合唱。

"我们底听众要唱什么呢？"矮小的指挥者问。

"我们要一同唱那进行曲。"

我不会唱那曲子。我惭愧。我看见别人奋兴地唱着"起来——"，但是，我却只能低下了头，让眼泪一滴一滴地落到我面前的地板上面。

"我要学习的，我得学习！"我私自发了誓。

然而，待我找到了那矮小的指挥时，他却已经病倒在一个医院底三等病房了，那是因为沉重的肺病。他用嘶哑的嗓子教我唱着："前进！"看着他张着口时显露出来的脸上的青筋，我不自主地流下了感激的眼泪。

一九三六年六月

选自文化生活出版社 1937 年初版《白夜》

歌　声

"Xum–um, xe–xo！
O–ai–io, xe–xo！
Lazho sor–ia, la, la,
Ginr la, min'r la！"

"La xui laogia ky–ba！"
"Xum–um, o ai–io——
La bu–xui laogia；
O–ai–io，xe–xo——
La bu–xui laogia！"

歌声响着，震彻了整个平原。

"Xum–um, xe–xo！
O–ai–io，xe–xo..."

歌声是单调的，只是由一些单纯的音节缀合起来，用低沉的调子哼着，一个个单音不断地反复着，回旋着，而从那里面，说出了无穷的申诉。

生活是苦恼的，家乡是在遥远的永远也不能望见的远方。

于是，拉索的人们歌唱起来了。拉索的人们一面屈着背脊，向前挣扎着；一面就哼出这样的歌来，而摇橹的和撑篙的，一听见这样的歌声，就如同听见了一个信号一样，也就随声应和，跟着哼起来了。歌声震荡着，从河面和岸边传到整个平原上去，低低地，缓慢地，渐渐地变得高昂，而终于，就没入平原的怀抱里了。

平原是辽阔的，一望的黄沙伸展着，直到天边。平原辽阔而且寂静，每日只有火一样的阳光蒸晒着，使得地上的黄沙变得焦灼。没有风，没有声息，黄沙发出枯燥的苦味，使人晕眩。人们如同发戍的囚徒，沿着河岸，在绳索的捆绑之下，向前挣扎。

河，平静地流着，每当山洪来到，就变得湍激而且残忍，但是，只等山洪一去，河水回到河心，河就又变得平静了。河水是清澄的，清而浅，河底里灿烂着金沙，天盖却是大海一样地蓝。

"今儿会下雨吧！"用袖口拭一拭额上的汗珠，望望身边的同伴，这样地发问了。

被问的就望一望晴明的蓝空和在黄沙上变成了紫色的阳光，于是低下头，压低着声音回答说：

"下雨？秧棵子统给烧焦了，棉花苗儿上直放烟儿。"

屈着背脊的身体于是就约齐似的挺直了起来，望望黄沙的平原：平原是太辽阔的，望不见边际；于是，背脊又屈下了，头又低了下来。

平原静寂着，而歌声就从平原的怀抱里发出来了，低沉地，而且缓慢地：

"Lazho sor—ia，la，la，
Ginr la，min'r la..."

而船上那撑着尾篙的高大汉子就把长篙举了起来，作出一个向着船前远远的地方射击出去的姿势，高声喝道：

"La xui laogia ky—ba！"

于是，从河边和河面，一个大的合唱就开始了：

"O—ai—io，xe—xo——
La bu—xui laogia..."

船缓慢地行进着，逆着水，向着不知道的地方爬。歌声回旋着，慢慢地，慢慢地，转到激昂，就消逝在平原的遥远的角落里去了。

"黄龙渡快到？"

“黄龙渡？还有五里潭。差七里呢。”

简单地回答着，记一记每处有名目的地方，每一处有人烟的村落和市镇，每一个港，每一个汉，望望眼前，又望望天上的赤阳和平原上的黄沙，于是，一切就沉默了，背脊屈得更低。

“到了义井集，就去吃两斤酒吧？”

“你请么？”

“俺可不请。”

“那么，歇下来，咱们喝水得。”

河水静静地流着，没有声息。船停了，人们叹着气，拭去额上的汗珠，用凉水洗着脸面，浇着胸膛。河水是凉爽的，凉爽而且清澄。人们用手捧着凉水，望着火烧一般的阳光。

“不喝一口吗？”

“得，不喝。”

“有病？”

“不算什么。”

沉默地望着如火的太阳，互相交换了一个叹息的视线。水是平静地在流，原野是寂寞的。

于是，从静寂里传来了粗暴的叫声：

“拉呀，伙计们！今儿得赶上吴家畈。”

而大家就迟疑地站立起来，强韧的绳索就又套在每个人的肩上了。

> “Xum-um, xe-xo,
> O-ai-io, xe-xo！
> Lazho sor-ia, la, la,
> Ginr la, min'r la！”

歌声低沉地哼着，转到激昂，就没入了平原的怀抱。人们向前挣扎着，向着不知道的地方爬去。

船，缓慢地行进着，平原是没有边际的。河水蜿蜒着，好像是一条无限长的赤练蛇，永远使人生出会被毒死的恐惧。一村过去了，一镇过去了，过了一个港，又过一个汉，然而，船仍然是慢慢地行着，旅程长到没有终止。

"家去吧，兄弟？"

"唔，家去？"

"家去作田去呢。"

"唔，是的，秋苗尺来高啦。"

"后园里快结葫瓜啦。"

"唔，是的，满地南瓜藤。"

想一想，家园里到底会有些什么呢？于是，黝黑的脸上浮出一丝苦笑。家园已经变成了沙漠，满地黄沙的土地上，是连树皮和草根也寻找不到的了。

于是，就发狂似的歌唱起来了，歌声响彻整个平原，又在辽远的角落里变成死寂：

> "Xum-um，o-ai-io——
> La bu-xui laogia；
> O-ai-io，xe-xo——
> La bu-xui laogia！"

而太阳就落到地平线上了，把整个平原变成了赤红。在夕照下面，天边涌着云山，奇拔而且险峻。望望云层堆成的山景，想起了山里和水里的事情。

"是山里好呢，是水里好？"

"山水一个样。"

"此山是我开。"

"黄河摆渡船。"

枯风吹着了，散布着扑面的黄沙。平原披上了黄昏的纱雾，一轮明月从前面的天际浮上来了。

"吴家畈可快到？"

"还差三里。"

"吴家畈真是好地方。"

"早先可还好——这如今，算不得了。"

"这如今，哪儿算得？"

"到处一样。"

"什么生意都难作了。"

"可不是，老板过八月节就要停船的。"

夜静着，平原睡熟了，镇睡熟了，河睡熟了，沙滩也睡熟了。沙滩上是凉的，夜露太重，压着人们的身体，使人们感觉着战栗。月的清辉笼罩了整个世界，是一轮饱满清亮的圆月。

望着深蓝的海样的天幕，望着圆月寸步不移地老是浮在天海的中央，就想着：月亮还有几回好圆呢？

"八月节过后怎样呢？"

"俺没打算。你呢？"

"俺也没。家去。"

"你有家？"

好像在严寒的冬夜被坚冰割破了胸膛那么似的，怔了一怔，于是，想了一想，就立刻低着声音回答道：

"俺没有家。"

一阵凉风横断着拂过了平原，投入河心，河水就轻轻地荡漾起来了，寂寞而且凄凉地。

"那么，该是山洪暴发的时候了。"像这样地自己咒诅着自己，"山洪一来，冲，冲，把大家全都冲个完结！"

"可不是该发山洪啦！月亮长了毛呢。"

沉默着，夜晚悄悄地过完了。人们把绳索又套上了自己的肩头，屈了背脊，向前挣扎着。船移动着，缓慢地，向着不知道的地方爬去。

平原躺着，辽阔而且平静。黄沙伸展着，直到天边。

河，平静地流着；河水是清澄的，清而浅。

日子轮换着，人们的皮肤变成黝黑，眼睛变得深陷，声音变得更为低沉了。

"家去吧，兄弟？"

"俺没有家。"

于是，歌声就又震响起来了，响彻了整个的平原：

"Xum-um, xe-xo！

O-ai-ia, xe-xo！

Lazho sor-ia, la, la,

Ginr la，min'r la！"

"La xui laogia ky—ba！"

"Xum—um，o—ai—io——
La bu—xui laogia；
O—ai—io，xe—xo——
La bu—xui laogia！"

一九三六年六月
选自文化生活出版社 1937 年初版《白夜》

159

夜 车

疲惫的列车歪歪倒倒地驶进土台边上时，已经快近黄昏了。北部的黄土平原，显得异样辽阔而且荒凉，一望苍茫的暮色，是无边无际，在朦胧里面隐伏着的，好像是无数从远古以来所遗留下来的大的和小的战场：没有村落，甚至没有一间茅舍，这些，早在好几次的战争里被摧毁得不剩一片瓦砾了。破败的小车站孤寂地立着，好像是在伤悼一个刚刚过去不久的屠杀。真的，屠杀是刚刚过去不久呢。田野里，简直没有庄稼；无数的土丘隆起着，星散在远远近近的地方，一直伸展到极远的天边。在小车站底后面，一堆黑影似的屹立着的，是那所古城，而另一面，则是反映着血红晚霞的远山。天边浮着无数巍然的云山和汹涌的云海，峥嵘、巉峻、凶险而且狞恶。傍晚的枯风吹着了，在月台上卷起一阵黄沙。

"老高，你说就是这儿么？"我问着我底副手，一个帮着我处理邮件的苦力。

"什么，师爷？"

"你说你哥哥扎在这儿呀，你说他会来望你的。"

苦力发呆般地望望站台，于是，摇摇头，回答道："不，师爷，您记错啦。"

他阴郁地挤了挤他底小眼睛，不等到取邮件的人来，就从车口转折到里面去，把头伏在麻布袋上，耸起他底肩头，似乎是有什么刺激了他。他一直保持着那古怪的姿态，俯伏着头，坐到麻布袋上去。

小车站在乘客们一阵喧嚷之后，一时变得沉寂起来。站屋好像是新被焚烧过的，因陋就简地在残余的骨架上面贴补着芦席和破布，有如人家在夏日所搭的凉棚。一阵沙风拂过以后，就听见芦席和破布发出响声，十分惨淡。卖热鸡子儿和蒸馍馍的小贩们，一共有三个，拖着长的尾音，单调地喊叫着。一个年轻的小姑娘提着竹篮，走到我底面前，把那用破絮掩护着的热鸡子儿取出一个来，触一触我底手背，恳求似的说道：

"先生，买一个吧？"

我望了她一眼，从车上跳了下来，在朦胧的暮色里捡了四个，分开插进我底裤袋里，于是，付了她应得的钱。她一手接过钱去，头也不回地逃开了；而另外的两个卖馍馍的，也就跟着挤过来了。他们骂那小女孩是个妖怪，而他们自己虽并不要求着我买一点馍馍，却只是蹲在我底附近，将他们底竹篮上面的盖布展开。

傍晚的风挟着黄沙在月台上荒凉地吹着，除了在极远的天边还留着残霞以外，整个天幕全变成了一个蔚蓝的大海。一个穿着破旧的铁道员工制服的青年人，也许就是站长，把红绿旗挟在腋下，在月台上面不断地来回踱着步；他一会儿把那掩着的旗子从腋下抽了出来，一会儿又把它们挟到腋下去，似乎是在怀疑着，在这样的时候是应当用旗子呢，或者不能用旗子却应当用灯呢？

机关车冒着浓重的黑烟，不时发出焦躁的急喘。而车上的人声也开始嗡嗡地响起来了。铁壳子车厢里，顶上，车厢间的连环上，煤车上，甚至猪栏里面，也全挤满了成堆的乘客，有的开始分配着可以伸直腿子的地位，把随带的布块或者毯子铺开，预备度夜；有的却将大块的油布开始搭在车顶上面，防备着夜露底侵袭。人们开始不安起来了，烦躁起来了，大家议论着，为什么还不开车呢？

"这地方向来就不错车的啊。"一个老于旅行的人把他底行李推过自己身旁的乘客那边去，于是，把头枕在那个小包上。"那么，还等什么呢？"

"等什么，嗯哼，"被排挤的人回答着，把那小包仍然推了回去，"如今铁路上，乱七八糟，不守规矩。"

一个妇人抱着孩子，从装猪的车厢里钻出一个头来，望了望车站。"真受罪啊！"她叹息地自语着。好像想用这样的自语来安慰自己底绝望，于是，安静地把头又缩回了猪栏里去。

人们谈着战争，抱怨着战争所给与的各种不便和损失。而夜色就更为浓厚了，整个的列车，变得如同一长列高低起伏的山峦，横在夜晚底空间。

平原的风在夜晚变得更为劲急。穿着破旧制服的青年人不知在什么时候提来一盏红绿灯，来到了月台上，仍然是不断地来回踱着步；灯光闪着，而他底影子也随着闪动。

我看着停在站上的列车，心里想着也许前途是很危险的吧？是不是战争已经发展到这一条铁路上来，或者在前途的什么站口，有着什么不吉利的消息？比如，在某一个小的站口，只要有三两百个兵士不满意于他们底生活，那么，这列车开到那边去，就有着被袭击的可能了；或者，如果战争已经发展到铁路底近边，那么，夜间的列车就正好是两方攻击底目标。我底心惴惧着，我想起在邮车里面不知有多少儿子在生和死的线上寄给他们底母亲或别的亲人的平安的报告，或者年轻的妻子对于丈夫的绝望的探询。而且，一个邮务职员底生活是可怜的啊，而且是负着许多的责任的。如果有一批野蛮的兵士硬要闯到邮车里来，胡乱地撕碎那些信件，那可怎么办呢？

"站长！"我走到那仍然踱着步的青年人面前，习惯地取下我底制帽。

青年人好像忽然受了惊吓，突然停止下来，望了我好一会儿，然后惭愧似的嗫嚅道：

"啊，对不起，我不是站长，我是练习生。"他有着南方人底口音，可是，却学着北方人说话，"您有什么事儿？请到那里面儿去吧，站长就在那边儿。"

他指向那个发出幽暗的光辉的破窗，两只脚不自主地左右移动着。

"啊，没有什么，"我解说着，"我只想问问前途底消息。我是邮车上的。为什么还不开车呢？"

"前途很便当，您放心好啦。这儿，是让车。有一列兵车赶着要先过去，快啦。"

我谢了他，于是回到邮车里来。车门开着，铁壳子里面只见堆着的麻袋和柳条篓子，堆成一片黑，没有灯光，好像也没有人。我惊慌了，就大声叫了老高。

"你真荒唐，老高！"我厉声说道，"出了什么事，你可负得了责任？夜晚，车门大开着，灯不点，人躲在里边！你这干什么？跟我过不去，可是？谁伸手摸一个挂号袋子走啦，你可怎么办……"

老高一言不发，慢慢地在我自己登记邮件和睡觉的一个角落里摸索着，摸到了火柴，点燃了那盏擦得晶亮的马灯，于是把火柴头子在自己底手掌上磨灭，轻轻地放到一处最不惹危险的地方。这苦力是一个极其老实的人，有着一个农民底固执，同时也有着一个工人底聪明，沉默，不爱说话，入局不久，对于所有的手续却都很娴熟，而且也没有抽香烟的习惯，动作虽然稍稍滞慢，但是作事却极其精细、负责，所以每一次我出来的时候，如果要我自己选择我底助手，我总是选中了他的。可是这一回，代替我那惯

162

常的和蔼的言谈，他却只能以惯常的沉默来承受我底申斥了。

"你怎么愈干愈胡涂起来的，呃？"望着他顽固地立在那个角落，我继续说着了，"这儿的邮件可交代清楚？"

"清楚的，两袋，三封套，"他回答着，面对着铁板，并不转脸看我，"清单就在这儿，盖了印。您要看吗？"

"不用看了。睡觉去！"我使气地说着，可是忽然又记起似的增添道，"查查袋子，短了什么没有？"

"不用查罢，师爷，"他厉声回答了，几乎使我惊讶，"我告您，我没有睡觉，我刚刚还坐在门口儿的，什么人也没来过。"

一列兵车急驰地过去了，是很长的一列，用两个机关车拖带着，拉着极为悠长的汽笛，从烟囱里喷出来的几乎不是烟，却是一团一团的火焰。接着，我们底列车也鸣了汽笛，月台上，绿灯再一次地摇摆着，送走这被落在后面的客车。

平原是冷寂的。夜显着淡黄色，好像是被罩在一个无涯际的沙雾里边。空气一时比一时变得更为清冷了，行车时的冷风不时从车门外面斜扑进来，使人不自主地打着抖擞。我坐在车门口上望着一个小站一个小站过去了，想着在夜半二时以后才会到达一个该停的站口，于是，把那铁门拉关了，来到我自己底由麻布袋子所围成的角落，躺了下去，预备作一次假寐。并且，想着老高在昨晚整晚不曾睡觉，整理着那些在匆忙中乱堆起来的邮袋，我就对他说道：

"老高，今晚你睡罢，全用不着你管。"

"我不睡。"他简短地回答。他正坐在我底毯子底一角，用手攀弄着一个麻袋底扎口。

"你怎么着，老高，今儿这么硬？我不过说你两句，就不应该？"

我把眼睛瞪视着他，而他底眼睛同时也抬了起来。我朝他底眼睛望了望，止不住地感觉了全身寒栗。那诚朴而小的眼睛里是有着怎样的湿润啊！我低下头来，心里是一阵刺心的惭愧，这诚实的人，本来是全无过失的，我底严厉的斥责是伤害了他，使他感觉悲痛了罢。

"没有什么，师爷——"他模糊地，几乎听不见地喃喃着，"您该说。我是——我哥哥打——死啦……"

"什么？"我怔了一怔，抬起头来，可是他却仍然低低地，完全没有表

163

情地继续着道：

"是的，上回我们从这儿过，他还在；可是，前天我们接信，他是打——死啦。调到陇海线——打死啦。"

接着，他又加上一句：

"师爷抬举我，我还想过把他荐给师爷呢。"

车轮疯狂似的震响着，好像一时间忽然加倍了速率。我沉默着，看着那诚朴的小眼睛里慢慢地渗出了豆颗般大的泪珠。而当列车离开着黄河南岸还有两百里地的一个小站时，从机关车上忽地发出了锐利的汽笛声来，列车两旁同时也密集着枪声。

在车轮底震动声、汽笛底锐叫声、密集的枪声和人们底喊声里，我底副手拖住我底衣袖，脸上现出歪斜的狞笑来，以一种奇高的嗓子对我叫道：

"师爷，我——我还有七十岁的老娘啊，我！我……"

一九三六年九月

选自文化生活出版社 1937 年初版《白夜》

渡　头

　　我沿着山路下来，觉得夜是恐怖的。山路非常崎岖，夜如一个黑色的罩子，罩在人的头上，是那么沉重而且狰狞。蝙蝠成群地从两旁的密林扑出，张开黑色的羽翼，作着无声的回旋，有时几乎要扑到人的头上。潮湿的海风吹着，密林发出高声的叹息；不时，从远远的天边，一道闪光射到树林中来，使人一眼看出两旁黑暗的岩壁和透不过的林木，随即，人就被遗留在荒寂的山道里了。

　　南方的，令人忘却呼吸的魔岛——而我，又是落到了这样的暗夜之中。

　　离别那个伫立山顶的肺病患者所居留的病院的时候，天已经沉黑了。然而，在病院里，却没有给我过夜的地方：我黯然地抚了抚那个热得昏迷了过去的同伴的头，就走出了病院，独自摸着黑暗的山路，向着海滨行来。我的心里怀着恐怖，想着那个同伴也许今晚就会死掉，也许，在他的昏迷里，他竟会不自知地爬到窗前，把远处发着暗光的海当作一个光明的目标，就向着窗外扑了出来，因之，把自己粉碎了在绝壁的悬岩上。没有人会止住他的，病人在病院里，他的命运就好像只是交给了上帝。

　　我踏着山路，埋着头躞行着。我并不抬起头来，向前望和望着自己的脚尖，并不能有什么大的分别。反之，在一线闪光亮过之后，我反而害怕望一望在我前面的到底是什么。我想着我应当像所有夜行人在不能战胜自己底寂寞的时候所作的一样，唱唱歌来壮壮自己的胆量，然而，我不能够唱，有一些沉重的思想压在我的脑里，使我记不起任何适当的歌曲来。我没有一个宗教徒那样幸福，在无助的时候，能把自己信托给上帝。我所能想的，只是在后面被我撇弃了一个等死的同伴，在前面等着我的，有一道海湾，我所走的是一条死寂的路，而且，必须渡过九里的海程，然后才能回到人间，回到有人的地方去。

　　"人挣扎着向着有人的地方去，而死却在任何地方等着活的人。"我想起我那同伴，被肺病折磨坏了的，在不久以前，还是那么活泼的一个活人，甚至可以说是一个孩子。然而，只在几个波涛的震击里，就被死神攫牢了他的喉颈，使他再也发不出任何声音，而只有等待死亡的临降了。"人活着算什么呢？"一种几乎悲观的思想固执地侵入我的脑里来了。"现在，我是在这里摸索，在黑暗里摸索着。谁知道，一分钟以后，甚至一秒钟以后，我是不是会倒卧在黑暗里，再也爬不起来呢？"一种恐怖的阴影掠过我的眼前，在黑暗里，无数的魅影在我的眼前浮动，青年的、壮年的，甚至未曾成年的，男的、女的——他们，我每一个都似乎熟识，然而，从那些畸形的，在身上或者脸上负着伤痕的幻象里，我却同时难得断定他们是谁，是在什么地方见过他们或者曾和他们交换过亲密的友情。是风暴里面的朋友么？是的，我清楚地记得，在每一次风暴里，总有几个熟识的面影变得模糊了的。

闪电扯得更其频繁了，使我几乎不敢睁开我自己的眼睛。我需要一个盲人的镇定，使我能无视眼前的黑暗，然而，却能在黑暗里向前摸索。在一个岩石的崎角上我跌倒下来了，我的膝盖被碰伤了，全身也同时变得麻木。在我的眼前，迸发着无数的火花，那是电呢，还是我自己的幻觉？

夜气是暴戾的。风吹着，带来咸味；树木无休止地窸窣，好像海浪的呜咽。我依着岩石，抚着膝盖上面的创伤，从闪电的光耀里看见鲜血流到了腿脊，这样，在挣扎着爬了起来之后，又不自主地颓然坐下了。

天和地，一时之间变得沉寂了。岛，变成了无际的空间。而我自己，则正好像一朵云，或者一息轻和的山风。我没有呻吟，手抚着血的创伤，静听着山间所传来的一切声息。我想听见海浪在远处嘶吼，然而，我听不见；我想听见一声雷鸣，震破这岛上的死寂，然而，却什么都没有。

脚步声响了，在山路上响着，还有唱歌的声音，嗓音是那么幼稚，而且尖锐。也许是一个孩子吧？然而，能够有什么孩子在这荒岛上面呢，在这样的时候？声音唱着曙光在前，唱着一个黎明的希望，是那么热烈，然而，却又是那么战栗，似乎是怀着无限的热望，同时，却又有着在黑暗里祛除不掉的恐怖。是孩子啊，是一个在气力上还不能说是强壮，然而，在心灵上却已经有了热情的燃烧的孩子。

"搀一搀我罢，年轻的朋友！"

脚步停了，歌声突然中止了。一条闪光射到路上来，我看清了一个非常年轻的脸面。在他的头上，似乎是绕着柔和的光彩。是多么可爱的脸面啊！

“受伤了么？”

“是的，路太黑，给岩石碰翻了。”

我似乎看见一对黑的眼珠在我的身上搜寻——不是搜寻，是一种同情的、天真的爱抚。一双温柔的手把我搀了起来，好像立时将勇气灌注了我的全身。我站立起来，如同在一个奇迹里，立时忘却了全身的痛苦。我好像看见了一颗星，一颗明亮的星闪在黑暗的天际，给我作着指引。我们行走着，手搀着手，而山路，就忽然好像变得平坦起来了。

“这时候还在山里？”他问我，声音低低的。

“哼，是的。来看一个朋友。”

“从山顶医院里下来？”

“是的。你怎么知道？”

“我也是从那里下来的。”

“也是看一个朋友？”

“是的，”他回答着，声音忽然变得阴郁，“可以那样说。我是来看我的姐姐的。”

“姐姐？”

“是的，我的爱人。”

山风开始轻轻地吼着了，是凄凉的吼声。

“这真好像一个初秋的夜，不是？”他问。

“是的，这正是初秋。”

“不啊。这是夏天啊！”

于是，他紧紧地握住我的手，挽住我的手臂。

“不痛了么？”

“还好。如果不是你，也许我会一夜躺在这里的吧。”

他笑了，是年轻的、银铃般的笑声，使我感觉着无限的愉快和气力。于是，他开始叙述起来，说到他的姐姐，那个比他大过五岁的爱人。他说她是一个热情的、有着大的眼睛的女郎，是在怎样不能自由的遭遇里面变成了一个病人；他说，她所患的，也许并不是肺病，却是因为一种利用电力的刑罚使她的全身的组织全给破坏了，使她变成了一个完全残废的不幸的人。“她真是一个好心眼儿的女人呢，”他结束着说道，“可是，别人却把她弄成这样。”

“你怀疑这世界么？”沉默了一会儿以后，我这样问。

他怔了一怔，脚步迟缓下来，几乎是突然停止。于是，他回答道：

"不，我不怀疑。像我们这样年轻的人是不应该怀疑的。为什么要怀疑呢？我们怀疑世界，可是世界不让我们怀疑它。我们能够停止着脚步，好像我们现在却要停在黑暗里似的，来怀疑这个世界么？我想那是不可以的。"

"是的，那是不可以的。"

"可是，在这样的黑夜里摸路，却使我非常害怕。我想起我姐姐的麻木而又苦痛的样子来，心里止不住地战栗。我不敢离开她，我更怕独自来摸这黑路。可是，有什么办法呢？——我想我姐姐会死的。"停一停之后，他又加增着。

"不要想到死罢，"我说着，我感觉那孩子的声音有点儿战栗了，"你刚才唱的那个歌很好，你再唱一回罢。"

"什么歌？"

"你刚才唱着下山来的那个歌。"

"啊，是的。那是一个好歌。那歌告诉我们怎样在黑暗里生活，给我们带来一点面对着黑暗的勇气。在那歌里，每个人全有一个光明。那是我姐姐告诉我唱的一个歌。"

"你再唱唱吧！"

"不，我不能唱。我的心很乱。"

说着，他把我拥抱得更紧，从他的手和手臂，和他底全身，全发出热情的抖战来。他沉默着，把脚步提得更快。

"你可会唱那个歌？"他忽然问我。

"会的，"我回答道，"可是，那是在许久以前学会的，现在已经忘记了。"

"忘记了？你不常唱？"

"五年以前，当像你这样大的时候，我常唱的。可是，后来，我不常唱了。"

"可是，你怎么能够把它忘记呢？"

他似乎是在摇着头，因为我觉着他的身体的摇晃。可是，他也不知道，这五年来，一个人，该有多少不能常唱的歌，也该有多少不能不忘记的事。我不愿那记忆的帷幕揭开了来，我不能经受那可怕的残忍。然而，在旧的记忆上，又涂上了新的记忆：无数的熟识的面影，又从有似远古的时代里显现出来了。我战栗了，抖了一抖我的被握住的手臂。

“你冷么？”

“不，我不冷。我热。”

“那么，你为什么发抖？”

“我要把那些记忆抖掉。”

孩子沉默了一会儿，于是断然地说道：

“不，那是不可以忘掉的。”

于是，我们沉默着，一直来到了海滨。

海，不安静地呼吸着，散发着浓重的咸味。渡头上，是完全的荒芜，只有初涨的海潮对着石块砌成的埠头扑打。天空扯着闪光；靠着渡头，一只小船停泊着，任着波浪的冲击。老船夫手里执着篾片编成的火把，坐在船尾，不时挥动着他的手，好像是警告着山里下来的最后的客人，说着这是最后一次的摆渡。火炬的光亮恍惚着，一时发出巨明，一时却随风掩藏，好像已经熄灭。

“渡海么？”船夫无精打采地问了。

孩子搀着我上了小船。黑云在天空汹涌起伏，海风异常强劲。云，被撕碎了，又集合拢来，成为黑堆，而忽然，一线闪光，又把黑色的云堆割裂了。

“今晚会下雨的呢。”我说。

“可是，我们不可以忘记。”孩子回答着，同时，小船就离开渡头了。我望着那山顶病院的红灯，好像触礁的船所发出的信号。

一九三六年八月

选自文化生活出版社 1937 年初版《白夜》

噩 梦

一个月以来的恐怖生活总算已经过去。现在,经过了长途的山道汽车的奔驰,终于来到这海滨的汽船站,我深深地吸了一口清鲜的空气。

虽是冬天,在南方,太阳还是温暖的。我在船顶找到了一块空地,靠着栏杆安置了被包。在逃难的境况里,谁也想不到旅行人的苦楚的。人声嘈嚷着,女人们和小孩们尤其吵闹得厉害,但是,我只能倦怠地依着栏杆,看着海潮是怎样一分一寸地涨了上来,希望着港汉不久以后就会被潮水填满。山道上,长途汽车仍然是一部一部地以疯狂的速率冲了过来,从城里带出死囚般的人类,来到这海滨的汽船站;几乎等不及最后的一位乘客从车里爬出,汽车便又疯狂地向着城里奔去,在车后拖起一阵赤雾般的灰尘。

一个月。虽然是一个月,但是,是怎样长的时间!自从战争谣言发生以来,一座城便好像被神们遗弃了似的,忽然改了形象,而成为活的地狱了。佩着新奇标志的兵士们在街头成群地走过,采购着各种用品,逢人说着要开赴前线的话,露出一些苦脸,而不久,就慢慢地从城里绝迹了。人们聚在一块,就猜测着前方的战况,然而,是那么漠不关心地,只是当作闲谈来议论着。宣传员们在街头贴标语,请人去赴群众大会。而正在群众大会的时候,飞机就飞来了,一共有六架,排成阵列,先放硫磺烟,以后就抛炸弹。以后,是每天都发生同样的事情的。

每天,一到正午,城里就变得荒凉起来,连最繁盛的街道上也难看见行人走过。被炸塌的房屋在街头竖立着,空洞的四壁,显得分外落寞。葬身在瓦砾堆和空场上的人,一天一天多起来了。然而,当飞机摆成阵列在天空盘旋,发出轰隆的巨响的时候,就是人类最锐利的号叫,也会听不见的。直到夜晚,在那冷寂的空气里,才有母亲们的哭声随着夜风飘出来了。

一个月以来,我只是每天早起就跑出城去,到郊外看飞鹰,或者到山里去听流泉,而傍晚回到城里,所看见的却只是又多了一些新的灰烬。人们低着头,从幽抑的路灯下面无声走过,或者汉子们持着锄头,用手提灯照着倾塌的房屋，从瓦砾堆里发掘着支离破碎的尸体——想到这些，我禁不住地哆嗦了，如同刚从噩梦里醒来似的起了一阵寒栗和恶心的感觉。

到什么时候为止啊？——这么地自己对自己叹息着了。

望望天，天是碧蓝的，没有一点云影。硗脊的山冈呈现着暗紫色，显得那么苍老。几只苍鹰飞旋着，互相追逐着，给那碧蓝的天幕画出了许多淡黑色的弧线。潮水，不知什么时候已经漫过了港堤，使近边的低地全变成了大海的一部分。汽笛在头上懒懒地鸣着，船身也随着迂缓地摆动了。

人们互相招呼着，说着各种告别的安慰的话。一个头上缠着黑布的中年男子也杂在码头上面的人群中，忍着痛楚似的拉直着嗓子向船上喊：

"阿妹，免急，没要紧啦。"他招招手，又把头摇了一摇。"阿宝乖，阿宝长大你就有靠啦。"

"是，阿舅。阿舅也要当心啊！"

说话的是一个乡下妇人，她手里牵着一个小孩子，声音是那么颤动而且惨淡，红肿的眼睛里忽然漫出眼泪来了。男子又说了一些听不清楚的话，然而，女人却只是招着手，一直到汽船转了弯以后才把手收了回来，转过身来，望了望周围的人，羞惭地低了头，抱起孩子，坐到自己底红漆小箱上面去了。

海天是辽阔的，海风温暖而且强劲，在碧绿的平面上掀起一堆稳健的波澜。阳光照着那起伏的汽船，人们全感觉舒适了。有几个乡下人低低地谈论着，说着一些不可理解的乡音，而多数，则只是静默，合下了眼，或者把眼睛望着远方，没有目的，也许竟没有任何想念。机轮轧轧地转动，不时，一个浪头碰上了船缘，发出一阵哗啦的响声。

是多么静寂，多么单调啊！然而，也是多么可爱的静寂和单调。人们全是这么倦怠，好像那不久以前所经过的噩梦现在已完全过去，而不自主地感觉着疲乏了。刚刚从那紧张得像要断的弦一般的生活里逃了出来，现在，在这里，空气之中有着清鲜的盐味，海风是这样催人苏醒，我恍惚觉得离开昨天的生活已经许多世纪了。渔舟在远处浮着，如同一些张着翼翅的白鸽，几只海鸥绕着汽船，一会儿飞在船前，一会儿随在船尾，而渐渐地，不知道在什么时候又没入了海波，使我感觉惊异和羡慕。

"然而，也同样是在风暴和波涛里面讨生活的动物啊！"

我看了看那个坐在我身边的女人和她的孩子。女人是年轻的，然而，却是那么瘦弱，因为头上蒙了一块黑布，脸面现得更苍白。她抱着她的孩子，低着头，好像是在苦恼地沉思。那孩子依在她的膝前，用圆圆的眼珠子怯生地看着船上的人们。微微鬈曲的头发使他现得活泼而且聪敏，然而，却是那么温顺，没有一点男孩子所有的倔强。这一对孤单单地互相依傍的母子，不知道怎样令我生了一种同情的怜惜。

"小弟弟真乖呢。"我弯下身来，牵了孩子的手，这么地说了。

女人吃惊似的猛然抬起头来，红肿的眼望了我一望，脸上忽然现出了一抹害羞的红晕，但是，随即平静了下来，勉强地微笑了。

"阿叔夸奖呢。"战栗地说着，又把头低了下去。

我本想继续发出一些询问，然而，一种落寞和恐惧的心情使我把我的问题咽了下去。人间的苦难在人和人之间加上了许多篱墙，那是不容易撤除的呵！在旅途中，每个人都感觉着孤寂，然而，每个人对于另外的人都是加以防备的。就是这个以勉强的微笑和战栗的声音来回答一个同情然而陌生的旅客的妇人，谁知道她有着怎样的想法呢？

汽船好像没有气力似的，只是缓缓行着。海现得那么平静，那么安适。而一切都是寂静着，单调得怕人。我选取了一条可以通过的路，在人丛中和行李堆中来回踱着，意识着一个风暴也许会来吧。

我想到一个我所认识的小女孩，她照着她的先生教给她的，飞机来的时候应当躲到榕树下面去，然而，一颗炸弹却正投中了榕树，打折了一根树枝，正落到她面前，幸喜不曾开花，只碰伤了她底足踝，可是，这女孩却一直疯癫了。另外，有我的几个学生，有一次在公园里正给炸弹投中了，连尸骨也不知道飞到什么地方。她们的父母到学校来哭闹着要儿女的情景，我是怎样也不会忘记的。

幼小的、活泼的生命，一转眼间就不知道飞到什么地方去了。这难道不是可惜的事么？这难道能够去责难那些父母的愚蠢么？我沉在我的思想之中，感觉一切变成了一个噩梦，是那样模糊，是那样不可以理解的。

忽然，一阵锐叫从我的身边发出来了：

"飞机啊！飞机啊！"

我身边的妇人抱着孩子跪到了船板上面，脸面变得铁青，眼睛发着血红，一下子扯住我的手臂，一下子又用手指着东边，不住地喊叫着"救命"，声音是那么凄厉而且迫切，如同海潮已经冲过了堤防，要把人们全都卷去似的，使我也不禁战栗了起来。船上，人们骚动着，绝望的叫声从船舱和船顶一齐发了出来，女人们和孩子们已经高声在哭喊着了。

东方的天空，一粒灰白的点子在移动着，迎着汽船飞了过来。一会儿，轰轰的响声已经可以听见，那灰色的，鸟一般飞着的机械，已经可以整个地看见了。汽船加快了速度，船身变得摇晃而且颠簸。人们互相挤着，嚷着，舱里的人向着船顶钻，船顶上的人向着船边挤。

"莫挤啊！船翻了大家都活不成！"一个粗壮的喉咙这样叫着，但是，谁能听从这样的忠告呢？我身边的女人和她的孩子已经被人挤倒在船板上头了；女人仍然紧紧地抱住孩子，在船板上拼命地打滚，口中发出听不清的锐叫，孩子却已经哇哇地大哭起来了。

飞机在船前不远的空中飞着，飞得那么迟缓，然而发出粗暴的震耳的响声。人们静了一会儿，可是，约好了似的，忽然又一同喊叫起来了：

"飞机啊，要抛炸弹的！"

一整船的人期待着那最后的命运，谁也料不定是在什么时候一切都会完结。船是在海中，海里面也不是逃命的所在啊。在这里，只须一个，仅仅一个威力最小的炸弹，照准了烟囱投了下来，那么，整个的船和它所负载的一切，就都会沉到无底的海中去了。

当飞机临到了汽船的上空，人们又沉默着了。沉默着，沉默着，只等着那被注定了的最后的命运。

"莫要紧啊！是邮政飞机！"一个穿学生服的青年首先发现了安全，这样大声地叫了出来。然而，这欣喜的发现却已经不能挽救一个不幸的结果：在船尾上，已经有一个中年男子跳到海里去了。

汽船暂时地停止下来，水手们尝试着去打捞那跳了海的男子。船上变得更为嘈杂了，询问和庆幸和惋惜和咒诅闹成了一片。

"什么世界啊！"一个老头子连连地摇着他的头。

我发现我身旁的妇人已经沉默了，她抱着她的大声号哭的孩子蜷成了一团，歪在船板上头，眼睛直瞪着天空，没有哭喊，没有眼泪，似乎也没有呼吸。我弯身下去，将她拖了起来。

"莫要紧呢！是邮政飞机，不会抛炸弹。"我安慰着她。

她睁大了眼睛，但是眼珠仍然停滞着，疑问而又憎恶地望着我：

"莫要紧？飞机不抛炸弹？你读书人晓得什么！骗人！"于是，摇摇头，把眼珠突了出来，望望那已经越空而过的飞机，突然又歇斯底里地喊叫了："救命啊！救命啊！"接着便把孩子的头紧紧地按在胸前，大声地哭起来了。

站在旁边的人们也摇摇头，叹息着走到船头去看水手们打捞跳海的男子去了，而留在我身边的，只是这一个被恐怖将神经压碎了的女人。我能怎样办呢？我迟疑了一会儿，便蹲了下去，从她底怀中抱出了那已经停止哭泣而变得痴呆了的孩子。但是，那女人却如同一个母鸡似的跳跃了起来，以我所想象不到的气力从我的手中把孩子夺了回去，又歪在船板上头，哭着了：

　　"只剩下阿宝一个人啊！只剩下阿宝一个人啊！"

　　天仍然是那样清明，海水仍然是那样深蓝，只是海风却变得凄厉了。汽船缓缓地行驶着，但是，颠簸得很厉害。被打捞起来的男子僵直地躺在船尾人们所挪出来的一块空地上，已经没有呼吸了。

　　一切都静寂了，人们闭着口，沉默了下来，噩梦之上又罩上了一层噩梦。

　　在我身旁的女人也稍稍安静了，然而，仍然不断地低声嘤泣着，哭着被埋葬在瓦砾堆中的丈夫和一个九岁的孩子，他们都是在砖瓦厂作工的，因为厂屋被炸塌而终于给埋葬到砖瓦堆中了。

　　将晚的时候，汽船驶入了安全的港口。海港的一边是安全的租借地，另一边，在许多高耸的建筑物上也插着外国旗。经过了麻烦的检查手续以后，旅客们全离了船，向着海港的两岸分散去了。我也提起了我的被包，望望那沉落到山边去的太阳，轻轻地叹了一口气。

　　"阿嫂，你去什么所在？"看看那紧抱着孩子坐在红漆箱上向着岸上发呆的妇人，我禁不住这样问了。

　　她回过头来，以不合式的严肃用手指着我的鼻尖说了一声："去你的罢！"然而，立刻又变得天真而且诚挚起来，垂下了头，低低地喃着："哼，你好，阿宝爹，你好，你是好人……你把阿宝抱去罢……"

　　孩子睁大了疑惑的眼睛注视着我，鬈曲的头发给晚风吹乱了，好像被火烧焦了的一般——我急急掩住了脸面，用一只手提起被包，钻进舱里去，从舱门踏上了到码头去的舢板。那一晚，在小旅馆里面，我一直做了无数的噩梦。

一九三五年四月

选自文化生活出版社 1937 年初版《白夜》

秋

冷风飒飒地卷动了落在马路上的枯叶，于是，秋天就慢慢地深了。

细雨没有休止地落着，如同一些散乱的游丝，随着风布满了整个低沉的天空。几日以来，一到傍晚，这样的细雨就没有理由地落起来了。

沿着江岸，我走过了两个码头，但是，并没有看见一只新来的船只，夜工显然是无望的。年久失修的水门汀路上，渍着一团一团的小水荡，我不时把足趾踏到那些小涡里去，试探着它们底深浅。

夜是凄凉的，又加上这样的风雨。路上没有同伴，几乎连过路的人也难得看见。将近海关码头的时候，在一个竖立着蚌壳招牌的汽油站前面，我停止下来，把裹在身上的衣服更紧了一紧。

气候底转变是迅速的。不几天以前，天气还是那样燠热，而现在，江风却已经使人感觉寒冷了。风在江边呼啸。一阵冷风过去之后，一堆一堆的梧桐叶就索索地卷动了起来，发出一阵令人极其难受的声音。

我站在汽油站底廊檐下面，因为这惨淡的景象底重压，而感觉了忧愁。

江岸是寂寞的。在白天，这里曾经喧嚷过许多的生命底叫嚣。人们在阴郁的天气里扛着各种各色的负载，从轮船底起重机旁跑到堆栈底深而且大的肚腹里去，又从那肚腹里带着新的负载，回到轮船上来，叫着，嚷着，呻吟着。手里握着皮鞭的看码头的人，站满在跳板上头，横着眼，把每一个人都当作强盗，然而，扛着负载的人们一走到他们面前，却把叫嚷和呻吟故意似的拖得更长，而且提到更高了。

如今，这一切的声音全都死去，所余下的只有风雨和一个黑暗的夜。

我站在汽油站底廊檐下面，忧郁地看着那些迷糊的路灯，整个的都市，几乎全都隐藏在黑夜底雨丝之中了。黑夜的都市！在那都市里面，人们是在怎样生活呢？夜生活将要开始了，疲倦而疯狂的人们，在雨夜的街市上会更为拥挤，拥过来，又挤过去，一直到天明将近的时候，于是，整个的城市也就死去了。

细雨仍然只是疏疏落落地下着，下得不大，却使人生出了异样的烦恼。不时，有一两滴雨水从檐间滴了下来，打在水门汀的石地上，发出空洞而且寂寞的响声，一下，两下，等不到第三下，就没有了，只好忍耐着再等。然后，经过了许久，才听见水门汀上又是空洞而且寂寞地响了，仍然是一下，两下。

"为什么不下得更大一点呢？"牵了牵被雨丝飘得透湿的衣裳，我怨恨地想了。

汽油站是空洞的，玻璃门锁着，里面没有一个人影。陈列窗里陈列着一些长圆形和长方形的油罐，和一些奇形怪状的零件。对于这些，我不知为了什么，忽然深深地憎恶起来。一辆汽车湿淋淋地驶进站里来，但是，连停也不曾停，看见站里已经没有执事的伙计，就一直又驶出去了。

江上是迷蒙的，只有趸船上面发出几点忽明忽灭的灯光。江水落得很低，现出十多丈的沙滩。当洪水涨满的时候，这里不知漂过多少人底尸首，然而，洪水一落之后，竟有许多的人就在这原来的地方搭出芦席棚子，当作临时的居屋。

那是我十六岁那一年底九月初头，我开始在这城市独立生活的第三日，那时，我底身体是很瘦的，而且，对于一切事情都很胆怯。

我感觉我有一些凄凉。我从来没有像这样沮丧，这样绝望过。生活是愈变愈艰难了。在镇上杂粮店里当了三年学徒，几乎得了痨病；以后，我就被四叔坚决地带到这都市来了。两年以来，我一直和四叔共着一条扁担。四叔是一个慈爱的人，然而，他对于我总不姑息。他教训着我如同教训他自己底孩子一样。但是，如今，四叔是已经走到不可知的另外的码头去了。

"硬朗一点罢，孩子，"四叔望着我底忧愁的脸，鼓励地说了，"生活不是儿戏的，高高低低，拿出点主见来。我，没法，这地方蹲不下去，成了别人的眼中钉，只好到别的码头看看罢。"

停了一会儿，四叔又接着说了：

"也是实在没法带你一起去，自己都不晓得怎样——"

"四叔到底到哪里去呢？"我嗫嚅着。

"真不晓得就算了，自己好好儿地做人……"

四叔走了以后，我就把扁担换了一把铁钩。我也挤在人缝里头，依次挨到舱房底门口。人们望望我，又把我推开，但是，我仍然挤着。侥幸有人把一包棉花或者一包白糖搭上我底肩头，当我用钩子钩进包去，将那重负支持着的时候，我却忍不住地感觉我底全身骨节都要粉碎了。我只有等着人少的时候，选取一些轻松的零件来把生活挨了过去。

我望望那低落的江水，江上只是一团混浊的黑暗。有时，一堆一堆透明的浪头从黑暗之中抬起头来，但是，一瞬间又被扫了下去。我轻轻地叹息了一声，把挂在腰间的铁钩正了一正，仍然望着那不平静的江流，就出了汽油站，一直向着趸船走去了。

我想起了那年老的何老爹，四叔底朋友。他是住在趸船尾上的。

何老爹一定还抱着他底烧酒瓶吧？那老头子一定还没有睡。老头子，可怜的人！以前，人们不叫他"何拐子"，却管他叫"虎拐子"，喝得，做得，有气力，也有胆量。如今，"虎拐子"变成"老糊涂"了。老虎已经老了，好的年头已经过去了。白天，他拿着扫帚，打扫着趸船上面的仓房和厕所，骂着卖香蕉和卖长生果的小贩；有时，也坐在舱口，将筹子从搬运夫底手里接了过来，一面还拖着那疲倦的、嘶哑的嗓子唱道：

"一个五呀，俺——

一个十呀，啊——

俺啊，一十一个五呀……"

然而，一到夜晚，他就完全衰颓了。他爬进趸船尾上他底小房里去，在那昏濛的、嵌在舱板上的电灯下面，抱着他底烧酒瓶，摸着那瘦削的、没有胡须的下巴，而沉在回忆和老年的悲哀里了。

我以习惯的熟练走上跳板去。江风凄厉地叫啸着，似乎硬要把人扫到水里去。江水翻腾着，喷着水沫。浪头愤怒地碰到跳板上来，哗啦一阵，又愤怒地退了回去，把水沫一直溅到我底脸上和我底全身。几只小船系在跳板两旁，疯子一般地随着波浪跳跃，颠了上去，又马上跌下来，和水波碰撞着，发出"波波"的不平的响声。

一阵冷风从江心扫了过来，秋天似乎是更深了呢。

绕过了那紧锁着的仓库，转到趸船底尾上，就是何老爹所住的小房。我在那窗口静立了一会儿，然后踮起脚来，望了进去。那永远黄淡的电灯仍然开着，但是老爹却已经躺到他底吊铺上了。他躺在那里，脸面朝内，时时转动着身体，又很不宁静地把那骨瘦的大腿叉着，间或发出一声长长的叹息。可怜的老人，衰颓了，在这样的夜里。

“老爹——”我畏缩地、轻轻地喊了一声。

老爹疲倦地转过了身体，把头稍稍抬起，向窗口望了一望：

“是哪个？”

“是我呢，老爹。”

他从铺上慢慢地爬了下来，把门开了，脸色是那样黄，没有血色，好像得了重病，使人害怕。他瞪着眼望了我好一会而，然后疲倦地说道：

“老三啊！这时候！从哪里来？”

“到码头看看可有夜工呢。”

“做梦！”老爹一边说着，一边又躺到铺上去了，“往年，上上下下的码头，总是赶到半夜不收工，找人都找不到。这如今，什么都清淡。年头不好啊，灾灾荒荒，你晓得！四叔呢？多天都没来看看我。人老了，不值钱啥！”

望着老爹底怨望的脸，我急忙分辩了：

“四叔前天走了。”

“走了？到哪里去？要走，连跟我都不说的？”

“跟我都没有说呢，只是说这地方蹲不下去。”

“蹲不下去？”老爹惊讶地问，但是，不等回答，便又领悟了似的自言自语了，“是的，蹲不下去，好人都是蹲不下去。”

老爹咳嗽了，咳得那么苦闷，而且，不断地辗转着，两手捶着骨瘦的大腿。

“你四叔总算有干劲的，”老爹自言自语地继续说着，“不过，也是四十开外的人了，不是？还有十年好干。十年一过，一到五十岁，凡事就要打个折扣了。像我，完了！我今年五十八，晓得还有几年好活？”

说着，又咳嗽了起来，把身体转了过去。

“老爹还康健呢。”望着那衰老的身体，我无可如何地安慰着。

“我？康健？”老爹兴奋地转了过来，但是立刻又颓丧下去了，“不行啊！完了！年轻时候，什么事没有干过！风里雨里，满不在乎。这如今，算什么？老糊涂啥！从前，上上下下三十六码头，哪个不晓得我何某人？伙计们‘拐子’长‘拐子’短地抬举我。船上，岸上，一有事情，少不得总是我何某人出头，十六年还有我啥。偏生王桂说我老糊涂！我就不干，让他去干——”

“王桂？”

"是的啥，就是王桂。王桂干了半年就跑了，晓得跑到哪里去了！"

老爹转过身来，很严重似的抬起了半截身子，把头凑近我底身边，低低地问：

"王桂你不晓得？你自然不晓得。你四叔晓得的。说句良心话，王桂总算好人。不欺心，就是这点！王桂要是黑良心早就发财了。这如今，这般杂种，真是一言难尽！只晓得要钱！姓施的，你晓得啥，家里讨小啊！杂种！"

外面，是呼吼着一般的风声和波浪打着趸船的震响。老头子喘着气，躺了下去，眼睛就慢慢地合上了，似乎是那愤怒的火在还未燃烧以前马上就熄灭了。每当一阵风哨子一样地响过以后，他就长长地叹息了。

"我不管，我也管不来。我今年五十八，晓得还活得几年？看不过眼的事，我说一句，可是，有哪个把你当人？"

我沉默着，听着风在外面吼叫，只感觉有不可抵御的力量在向着我底全身压了过来。小房间里非常窒闷，连呼吸也是艰难的。

"你喝酒么？"老爹忽然想起了什么似的问。

我摇摇头，说道：

"不会喝的，老爹自己喝罢。"

"酒都不喝？好孩子，跟你四叔一样，滴酒不沾。好！不喝酒好！莫学我，我一生就害在酒里。年轻的时候，一醉醉个死，也不在乎。这如今，不行啥！趸船上打两个转身，头就晕，一双脚直抖。晚上，筋骨痛得要死。葆元堂底虎骨酒也喝了几瓶，哪里有用？"

他挣扎着从铺上爬了起来，扶着铺前的一张由一块木板搭成的小桌，手是那么战动，全身也同样抖擞着。我忍不住地伸出手来，把他搀扶了。

"不须扶的，不须扶的。"他连忙拒绝着，"坐你的，莫管我！"

外面，雨渐渐地大了起来，滴滴答答地打在薄铁皮的舱顶上，非常焦急似的。风，悲愤地吼着，似乎大自然也有着无数的苦恼，要愤恨地倾泻出来了。不时，有一阵猛烈的波浪对着趸船碰了过来，整个的趸船也随着震动了。

老爹扶着桌子，不作声，好像这风和雨使得他非常难受。他默默地把酒从瓶里倒了出来，又默默地从杯里倒到口里去。

一个可怜的老人呢，我默默地想着。老了，衰颓了，早已被人遗忘，再也无法振作起来了——而且，又是病着……一生，只是辛辛苦苦地过去。

以前，也曾经被人当作一只老虎的，然而，当老虎变成了老迈以后，又能够怎样呢？他把苦的酒一杯一杯地往口里倒，慢慢地，脸色变得更为惨黄，而低凹的胸部也急促地起伏着了。

"老爹，少喝一杯罢——"我几乎是恳求地说。

然而，老爹却好像完全没有留意到我底恳求。他抬起头来，把酒瓶一推：

"往年，这点子酒，算什么？几斤几斤一喝。挣点钱，就是喝酒啥。没有儿，没有女，哪个想发财？孤老，受罪啊！年轻的时候，还不是想弄个女人。可是，有哪个女人看得上你？我屋里二爷巴巴地弄了一个女人，还不是跟人跑掉！活讨罪受！有儿有女，这样的世道，也是淘气啊！"

忽然，他睁大了他那疲倦的眼睛，望了我好一会儿。

"老三，你说，人生在世，有什么味？"他坚决地摇了摇头，接着说了下去，"老三，没有味的！你四叔是个硬汉子，他有他底想法。可是，他只是四十边头的人啦。我，我今年五十八，快六十岁了，我看的事情多呢。"

我能说什么呢？我还刚刚活了十六岁。我能说人活着是有意思或者没有意思呢？我只知道，三年底杂粮店学徒生活，使我差不多得了痨病，而这两年来，我总是跟着四叔在码头上面跑着。如今，四叔走了，留下了我一个人，可是，我还得跑。在码头上，挤在人群中间，扛着重负，真是苦的生活。但是，有什么办法呢？

"有什么办法呢，老爹？只有熬呀，今天熬过了，望明天。"

"不错，我晓得。熬呀！我熬了五十八岁，熬了多少！五十八岁，不容易啊！可是，如今，还有几个明天好熬？往年，和你们一样，大手大脚，怕什么？这如今，人一老，完了！哪一样说得上？比方，吃这一碗茅厕饭，算什么？一条狗！狗还不如！哪个把你放在眼里？"

眼泪不知怎样就漫到他那枯干的眼睛里了。他悲哀，甚至于小孩子一般地抽泣。

"没有儿，没有女，说一声要断气，连鬼也没有一个来看看你的。"

他把头伏了下去，忍不住呜呜地放声哭了。那哭声是那样干涩，然而，却是那样不可言说地悲苦。那是一个五十八岁的老人底哭声，也许，是他最末一次的痛哭。一整生底苦恼，一整生底抑郁，幼年底回忆和老年底悲哀，全都堆积在这酒后情不自禁的哭声里了。我抱着他那耸动的瘦削的肩膀，不知道要对他说什么才好。在这样的时候，也许不说话反而更好吧。

"老爹，往开点想罢，"我极力安慰着，"这么大年纪，何必这样？我们河下的人哪个不记着老爹的？"

　　"记得我？哪个把我放在心上？老糊涂啥！"

　　他哭着，诉着，拍桌子，捶胸。我费了许多气力才把他安置到铺上，而他渐渐地也安静了，并且安静地睡着了。外面，风和雨交作着，我坐在老爹的铺边，不知经过了多少时间。一切的思想在我底心中变得凌乱起来了，如同一团理不出头绪的乱丝。

　　生活真是一副沉重担子，并且这担子是非担负不可的。从堆栈里到轮船底货舱旁边，那不过是一段很短的路程。你咬紧牙，忍住肩上所受的重压，急忙走着，只想着到了那一边可以得到一个暂时的休息，喘出一口气来，然而，到了那边，岂不正是有着同样的重负在等待着你？无间歇的重负，从今天到明天。明天也许会好一点吧？但是，到了明天，又怎样呢？

　　我记起了四叔底话："孩子，总有一天，我们这般出力的人……我，四十边上了，也许望不到；可是，总有一天的！"四叔把话说得那么斩截，他也许不会骗人，也不至于像这样来骗自己。四叔真是一个硬汉子呢。现在，四叔到底在哪里呢？在另外的码头？也许在那不可知的另外的码头，四叔正是趁着这秋风和秋雨在赶着夜活吧？

　　铁板上面的滴答声渐次稀少起来，雨已经下得小了，但是，风仍然在疯狂地吹啸。我看了看那安静地躺在我身旁的老人，他底眼皮是半开半阖的，惨黄的脸面正好像骨头上面铺上了一层黄色的油纸。可怜的人，他睡得那么安静。但是，能不能说他已经是气绝了呢？

　　我把那老人底脸面再看了一眼，然后轻轻地走出了他底小房。清鲜的江风向我猛然扑来，一个大的浪头溅了我一满身冷水。我怔了一怔，立在趸船底边上，凝望了好一会儿那趸船外面的愤怒的江涛。

　　"生活开始了——明天？明天也许是一个晴天吧？"

　　于是，折转身来，我向着码头走了过去。细雨仍然飞着。浮跳随着波浪升跌。一路之上，我计算着明天将要抵埠的船，而海关钟就零零落落地敲过十二下了——已经是最后一次报时的时候。

一九三五年八月

选自文化生活出版社 1937 年初版《白夜》

白 夜

　　白雾浮上来了。月亮，斜挂在天边，散发着朦胧的光辉。整个江面，好像有谁从高处抛下了一层轻纱，变得透明了。小火轮缓慢地行进着，如同一个疲倦于长途跋涉的旅人，要借着缓慢的脚步来获得休息似的。

　　夜静着。水发着腥味。是初秋的疲倦的夜晚。一连几天轰隆轰隆着的炮声，到现在也沉寂下来了。

　　师爷望着月亮，瞧着那一张苍白的脸面似的月轮，感觉到一点疲困的倦怠。在他底身旁，坐着老大，失了神似的把着舵盘。在舵房里，一盏马灯悬在窗口，沉默地燃烧。

　　船上，在舵房后面的舱板上，苦力们三三两两地倒卧着，有的闭下了眼皮，有的却已经发出沉重的鼾声，和单调的机轮的声音互相应和。一整个午后的劳动使得他们安静了，不再喧笑，不再发出难听的诅骂或者唱出放荡的歌曲。

　　机轮轧轧地响着，火夫靠在煤池旁边，打着盹儿。想起来，是应当睡觉的时候吧。

　　"丹水池吧，师爷？"老大把舵盘任意地旋了一旋，把涂了油似的脸面转向师爷，低低地问。

　　"丹水池吧？说不定还在底下——"师爷仍然望着月亮，无精打采地说。

　　江面扩大着，没有边岸。在一望无际的朦胧的透明里，小火轮似乎是在空中航行着一样。小火轮是这么缓慢地航行着，航向什么地方去呢？

　　"丹水池吧，师爷？"老大又问了，仍然是低低地。"丹水池还有北佬呢。"

　　"还有北佬？没有了，老大。今早全开走了。"师爷仍然望着月亮。

　　月亮真明呢，只是，为什么有这样的雾呢？江面，是一片白色，没有一点灯火，这不是会有船只往来的地方，并且，也不是有船只往来的时候了。整个江面，戒了严似的，死寂了。不时，有一声枪响冲破了夜底沉寂，然而，却再也没有响应，连一点火星也不在透明的江上遗留下来。

夜，沉寂着，连机轮底响声也是低沉的。而且，也是应当睡觉的时候了。

师爷是一个沉默的人，年纪还很轻，而且胆怯，并且有一点轻微的肺病，脸面时时发红。在职务上，他还是一个完全的生手。当第一天在衣袋里藏着那四等三级邮务员的委任书走到总局去见那邮务长的时候，在那严肃的办公室里，那严肃的北欧人所特有的脸型面前，他几乎不曾全身哆嗦起来。这还是刚从中等学校出来，是第一次的就职呢。同时，他计划着，如果在几年以后，就说五年吧，如果除了担负一个由年老的父母和两个稚弱的弟妹所组成的家庭以外，自己也还能积存一点点钱，比方，三百或者五百，他就可以脱离这早就知道是十分机械的职务，去继续求学，去进大学校，或者，如果能够存到一千，那就可以到外国去，在外国，身体也许会好起来的。他见了每一个同事都红一红脸，他被派到各个部门去学习各种知识，记熟各种邮路，各种不同的邮资，各种麻烦而又精密的手续，和各种以前从来不曾听见过的邮务术语。这种学习是困难的，并且，六个月之后，还有那鉴定的考试。有时，他把邮章带回自己的寓所里来，在夜间自己研究着，暗记着，一直到头部微微发起热来，才疲倦地爬上床去。同事们都是骄傲的，对于新来的人好像一律是投以轻蔑的眼光，因此，这年轻的邮务员感觉分外地寂寞了。直到他被派到河下来，从各处来的轮船上取邮件的时候，他才渐渐地习惯了自己的职业。从这时候起，他开始以几乎是感激的心情对于自己的工作感兴趣了。

"老大，俄国去看过了阿硕的么？"师爷望着月亮，想着阿硕正有着一张和月亮一样苍白而且一样圆大的脸，记起了船上少了这么一个人，便用稚气的声音问了。阿硕是一个苦力，时常从河下的小贩那里贩取酒喝的，一喝过酒之后，苍白的脸面就变得更为惨白。

"看过了。"老大沉闷地回答。

"俄国怎样说的呢？好些么？"

"还不是一样！麻木病，不会好的。"老大回答着，好像也记起了阿硕有着怎样的脸，就把头抬了起来，也望了望月亮。"哪回不是教他不喝？他偏要喝。这喝得好！"

师爷叹了一口气。他记得阿硕是怎样疯狂一般地喝着酒，拍着胸，同时又对小贩说着好话，作着极其负责的应许，可是，喝在半途中，就忽然倒在河坡上，无论怎样推唤，怎样恐吓，也不肯把瘫了似的身体从地上爬起来。他不说话，也不呻吟，只是死了似的仰面朝天，眼皮半闭着在那惨白的脸上，一动也不动。高大的俄国走过来，感动地拍拍躺在河坡上面的阿硕的胸脯。

"俄国，怎么办呢？"尖嗓子的胡巴叫。

可是俄国却只是做出了一个莫可如何的姿势，就用一只手把阿硕的身体搭上肩头，扛到小火轮上来，放在那些空的麻布袋上。

"他老婆的疯病呢？"师爷叹了一口气，记起了那个常常到河下来胡闹的妇人了。

"疯病会好么？不会好的。"

舵房后面，好像有什么人在呕吐了。那是那个叫作家善的苦力，一个年纪已经很老的人。

"家善，喝水不喝？"

但是，被叫作家善的没有回答。

于是，舵房后面又静寂了，除了几个鼾声以外。

"可怜！"师爷自语着，他想着那麻木的阿硕和他的有着疯病的老婆，那生活，不知道要怎样过。

"总还有孩子吧？"师爷问了。

"怎么没有？两个，都还很小。大的早死光了。"老大仍然沉闷地回答。

"可怜！"师爷又叹息了，望着月亮。

"什么事？"老大沉重地问。

"这，我是说，"师爷嗫嚅着，不晓得要怎样说才好，"孩子们是可怜的，麻木和疯子，生下来的孩子，不好。"

"为什么不好？"老大哈哈地笑了，笑得有点奇怪。

"脑筋，"师爷指指自己的脑袋，"脑袋不会好的。"

师爷有点苦恼，他不晓得要怎样来解释这话。他望望月亮，又转过头来，望望老大的脸。可是，老大却像不曾听见似的，一点也不想追问下去。今晚，老大是有点反常的，他不像平素那样愉快。

师爷把眼睛转向挂在舵房窗口的烟熏的马灯，脸面低下去了。

在平日，老大是一个愉快的人，矮个子，稀眉毛，很能说话，说话的时候，眼睛就会眯起来，发出狡猾的笑。（但是，今晚，老大说话的时候，眼睛却是张得多么大呀！）他管领着一个独眼的水手和一个口吃的火夫，这火夫虽是火夫，但也兼理着大车的职务的。每个月一号，老大穿上绿色的制服，在那制服的袖口上他自己还缝上了两条黄布做成的金边；在头上，他戴着一顶绿色的制帽，可是，帽上的飞鹰帽章却不晓得在什么时候遗失到什么地方去了，这事常使得老大受苦。在一号那一天，如果河下没有工作，那么，在正是九点一刻的时候，老大就带着他的独眼的水手和口吃的火夫，排成一个行列来到总局了，一直走到转口处去。转口处底主任，二等一级的邮务员毛师爷，是一个胖子。老大一看见胖子，就走上前去，把两个手指举到帽边，行了一个军人的礼节，并且笑嘻嘻地说道：

"毛师爷，你老又发胖了！"

可是，又发胖了的师爷一看见老大敬礼的姿势，就马上记起了那遗失了的帽章，于是做出非常严厉的样子，大声问道：

"老大，帽章呢？飞了？"

"吓吓！"老大照例把眼睛眯了起来，好像忍住一个笑，但是，却终于笑了。他并不说出遗失帽章的理由，却只是干脆地把帽子取了下来，搁在手里旋转，好像那是在表示着一个更大的敬意似的。

于是，胖师爷就鄙夷地说道：

"玩昏了头呢，怎么做老大的呀！"

但是，老大却照例笑着回答道：

"这怎么能够怪我呢，我的师爷？"他指一指分列在他的两旁的水手和火夫，"这是你老照顾我这样的好帮手的呀。"

胖师爷望一望那个睐着独眼的水手和预备辩驳却一时不能说出话来的火夫，不由得打起哈哈来，满意地笑了笑；于是，老大就平安地领到了全船人员的薪金和额外的一元的灯油津贴，又带着他的水手和火夫，回到小火轮上来。

小火轮仍然慢慢地行进着，夜是银样地白。雾的轻纱笼罩着，是那么轻盈，而又是那么沉重。

"那么，阿硕怎么办呢？"师爷又问了。

"怎么办？等死！"

"死？"师爷不由得战栗了。

"不死又怎样？还能做么？这样子！"

"局子里就不管了么？"

"局子？"老大把脸面转了过来，似乎是在发怒了。老大为什么今晚老是这样呢？他那稀疏眉毛和发怒的表情是多么不合式呀！"局子？"老大又哼一声。

师爷觉得头部有点发热，把头低了。但是，老大却自语似的继续说道：

"是苦力呢，不是师爷呀！局子里管苦力？他还管你有没有儿子送终呵！"

老大望着月亮，他心里有一点烦躁。他不愿意说话了，但是，却仍然说了起来：

"师爷，你一月拿多少？"

"四十五两。"师爷感觉有一点害羞。

"好啊，做师爷多好啊！"老大并不望师爷，却仍然望着月亮，"不挨骂，不受气，不出力，只拿起笔来，签个字，就干坐着。你说是不是，师爷？"

师爷的脸整个地红了，不晓得怎样回答。老大望望师爷，可是仍然又把脸面转向了月亮，继续着说道：

"拿的是银子，论两数，一百，五十，三百，两百。是不是，师爷？做三五年，就发大财啦，真的。老了，不做了，还有养老金，是不是，师爷？像阿硕，做了十五年，如今做不得，就等死呀。"

老大断断续续地说着，好像并不是在说给师爷听，却是在说给另外的一个人听似的。

"像我，从水手做起，也是十三个年头了。"

"老大今年有四十岁？"

"四十五，你老。师爷，你呢？"

师爷想了一想，好像不好意思地回答道：

"十九。"

"了不起啊！做到六十岁养老，还好做四十——四十年。"

"不呢，老大。"师爷想告诉老大，说自己是只想做五年的，但是，顿了一顿，却不说了。老大会笑的啊。而且，每次说到自己的事，他总是要犯了罪似的惭愧起来。他摸一摸自己的头部，觉得很有些发热，于是，走到舵房外面，望望被倾斜的月光所照明的江水，金黄之中显着混浊，水腥气是特别浓重的。夜是白的，雾里的两岸模糊而且辽阔，不能辨认。

连接着两声枪响，从雾里穿了过来，声音异常空洞。师爷摸了摸自己的发热的头，又急忙回到舵房里来了。

"乱放他妈的，北佬！"老大咕噜着。

"是北佬？革命军吧？"

"北佬呀，城里的，革命军就不乱放枪。"

"听说今晚要攻城呢。"

"攻城把枪朝江里放？"

于是，沉默又占领在师爷和老大中间了。师爷想着那些一队一队，疲乏地走着的戴着斗笠的广东军队、湖南军队，觉得他们是多么勇敢，而且多么可爱。他想着，有一天，他也应当去当革命军，他有一个朋友是入了军校的，现在也许随着军队北来了吧。但是，身体，自己的身体是多坏啊。

"老大，你赞不赞成革命？"

"我不赞成。"老大想了一想，打了一个哈哈，狡猾地笑了。

"为什么呢？"

"为你呀，我的师爷。"老大的眼睛又眯了起来，转向师爷去，轻轻地问道，"师爷，革命你怕不怕？"

"为什么怕呢？"

"你是师爷呀。你们师爷都是反革命的。"

"至少我不。"师爷自信地摇了摇头。

老大把一只手从舵盘上举了起来，拍了拍师爷的肩膀，眯了眼睛，笑道：

"我知道的，师爷。你是个好师爷。"

"我？"师爷望了望老大的稀疏的眉毛，那眉毛是多么和蔼，而且多么可笑啊。

夜静着。深沉的初秋的夜。江水发出浓重的腥气。江面，枪声仍然稀疏地响，一时变得稍稍稠密，一时却又完全静寂了。

"老大，"一个低沉的声音叫了，于是，一个高大的身形来到了舵房门口，似乎是在努力低下身去，想跨进舵房里来。这就是那个高大的俄国，穿着绿色的邮差制服。"开快点吧，老大。"

"雾呀，俄国，怎么能快？"

俄国把身子弯了一弯，对着师爷笑了一笑，是只有俄国才有的那样又和蔼而又几乎近于愚蠢的笑：

"师爷，辛苦。"

"哪里！"师爷把身体向着老大那一边移过一点，在那长凳上挪出一个空位，"要坐坐么？"

"得了吧，师爷，那么一大堆挤不下的。"老大往师爷这边挤了回来，向着俄国："怎么样？"

"还是你吧，老大。"

"这才不像是俄国吧！推三推四。你报告吧，我给你掌灯。"

"也好，一样。"俄国低沉地说了，于是，转向师爷："快到了，师爷。"笑了一笑，就又消逝在舵房后面了。

"老大，什么事？"师爷问着，同时觉得有一点胆怯。

"会上的事。"

"我也来一个，好不好？"

"你呀，师爷……"老大想了想，"你入什么会呢，师爷？你为点什么想入会呢？不，师爷，不好，你入会没意思。"

"我——"师爷红了一红脸，不晓得说什么了。

前面，微弱的几点灯光从浓雾里透出，如同江上的萤火。

老大站立起来，拉了一拉铃，于是，机声突然变得响亮，小火轮随着也变得奋兴起来了。水从船头分开，有时，把那飞沫反溅到舵房里来。老大的两手有力地把住舵盘，全身似乎在向前倾屈。他轻声地说道：

"师爷，到了。"

"伙计们，起来呀！"是俄国的低沉的声音。

"老大，到了呀，还往哪里跑？雾迷了眼？"独眼的水手跑进舵房来，叫着。

"我晓得呀，我的老二，我多一只眼睛呀！"老大兴奋地回答，哈哈地笑了。

汽笛在小火轮的烟囱上连接地叫着，水手早已把一切安置妥当。小火轮靠定了一只白壳的轮船。这是一只往来上江，专运煤油的美国油轮，因为商轮已经停止了上江的航运，所以上游的邮件就给这只油轮带了下来。苦力们嘈嚷着，笑骂着，有的已经从小火轮爬到了油轮上面，有的就唱起歌来，搭起了跳板。

"开舱呀，买办！"

"买办死了啊！"

"等一等。"俄国的低沉的声音喊了。

"什么事？"人们立刻静了一下。

"等一等！大家听我说。"

"说呀，俄国。"老大从舵房的窗口取下马灯，走出去了。

"明天，早晨，七点钟，转口房门口，大家集合！"俄国的声音是那么低沉，而且稳定，"全体邮工：苦力、信差……"

俄国停了一停，好像是在思索似的。

"明天，我们，成立一个会——"

"师爷们不要啊！"是胡巴的尖锐的嗓子。

"是的，我们不跟那些老爷在一起。"年老的家善战栗地赞同着。

"等一等，听俄国说呀。"老大喊了。

师爷的脸发着热，他如同得了热病似的全身发起抖来。他不知道应不应当出去，他悔恨他自己是一个师爷，但是，他终于抖擞着走出来了。高大的俄国站在船尾的舵箱上，在他的身旁，站着老大，把马灯高高举着，照着俄国的赤红的脸面。在他们周围，船板各处，站着胡巴，站着家善，站着火生，站着所有二十三个晚班的苦力，并且也站着独眼的水手和刚从火舱爬出的火夫。

"全体邮工，"俄国又说着，"师爷们，邮务老爷们除外。我们要有一个组织，这是大家都晓得的。"

"晓得的呀，俄国！"

"那么，我们，明天，早晨，七点，都到。有什么人不到么？"

"都到的，俄国。"老大把马灯在俄国底脸上晃了一晃，"我们还要给大家报告，阿硕做满了十五年啊。莫忘了！"

"还有我，老大。"家善喊着，咳嗽起来了。

口吃的火夫从火舱旁边挤上前去，也急忙喊着：

"俄——俄——俄国，火舱啊。火舱要分两班啊，两班！"

"是的，都记得了。明天，早晨，七点。"俄国重复了一次，从舵箱上跳了下来，走到师爷面前，用了只有俄国才有的那样和蔼的微笑，问道：

"师爷，清单上写的多少？"

"一千七百袋。"师爷呆滞地回答。

"赶得完的，师爷！"

白夜，静的夜。月亮快落下去了，但是，沉重的白雾却增加了浓厚。人们的影子晃动着，迅速地从油轮的舱底晃到小火轮上来，那么静默，而且沉着。

"申呀！"

"有啦。"

"又申呀！"

"有啦。"

"本镇，挂！"

"有啦。"

"他妈的，快信夹在包裹里啦！"

"也报出来罢，要赶紧呢。"

胡巴的尖锐的嗓子喊着邮袋所应去的地方，俄国就用一支小铅笔，用拙劣的字迹在一个簿子上一处一处地加以登记。俄国底眼睛湿润了，他想起当他由苦力考上邮差的时候，局子里曾经要把他派到一个分局去坐柜台，但是，他却推辞道："师爷，派我到河下去罢。河下的人我熟一些。我是坐不来柜台的。"现在，河下的人真是和他这样亲切起来了。

师爷感觉有一点寂寞。他的头发着热，使他感觉一点晕眩。他把身体斜依在舵房门外，用深入的目光注视了那浓雾笼罩的江，种种的思想在他的脑里变得模糊起来了。他想道，肺病怕已经深了吧？那么，应当积一点钱，到一个有好空气的地方去休息。但是，他又想起了从上海的大学里一个朋友给他寄来的信和书。能够读一读大学，过一过大学的生活，不也是很好么？然而，怎么能呢？于是，似乎是在那看不透的远远的浓雾里，出现了那年老的父母和稚弱的弟妹们的可怜的脸相。

"师爷，你在想什么？"老大倒在舵房里的长凳上，问着。可是，他的问询师爷却不曾回答。

江面飘起了一丝微寒的晨风，是黎明快要到来的时候了。但是，白雾仍然浓重，江水发出着恶心的腥气。

师爷寂寞地依着舵房的门，听着胡巴的尖锐的嗓子和俄国的低沉的声音互相唱和：

"本镇呀！"

"有啦。"

"申呀，挂！"

"有啦。"

夜，沉寂着。白的夜。

一九三六年四月

选自文化生活出版社 1937 年初版《白夜》

江之歌

　　江如同愤怒的野兽，咆哮地冲着，冲过了滩和峡，冲过了田野和市镇；而在这里，在冲过了一个峡口以后，就瀑布一般地倾泻下来了。

　　六月，江里发着山洪的时候。

　　酷热的一天过去了，黄昏慢慢地落到了奔流着的水上。太阳已经沉到远远的山冈里，天上只浮着几片白云，摇动着，不知在什么时候就隐没到不可知的远方。江太宽，望不见边际，有一层雾笼罩着空旷的江水，在这蒙蒙的外边，躺着了巨大的平原。一息微风吹了过来，带来了凉爽，也带来了黑夜。江是平寂的，除了旋涡碰击着船头，发出空洞的哗啦哗啦的响声以外，就听不见别的声音。

　　船在江心行着，一只小船，迎着逆流的水——我和我的船夫控制着不羁的小船，在这薄暮的空江之上。

　　我正是年少，然而我的船夫则已年老，花白的胡须铺满了他的脸面。他两手握着桨，迎着水势把双桨杀下，口里留着历代所遗传的不知名的古曲，枯嘎的嗓音布满了整个江面，如同一阵旋风掠过水上，卷起一些回曲的波纹。我坐在船尾，谨慎地随着水的来向而摇摆着舵子，听着老人的歌唱，望着奔流而放荡的大水向着船头冲击，止不住地战栗着了。

　　"当心，前面大旋涡子！"我的老船夫停止了歌唱，高声地警告了。我也提起精神，留神地望着前面。

　　前面汹涌着水。我们知道这汹涌是会没有休息的。只是，我的心禁不住地跃动了，手也不自觉地抖了起来。我想要呼喊，然而呼喊不出。江是太宽了，而且薄雾罩住了边岸，朦胧了那无际的平原，只有水声在大江之中作着哗啦哗啦的响声，直钻透了我的心底，使我不能支持。

　　"危险的生涯啊！"我低着头想了，"一种将生命当作了儿戏的生涯。江水是无情的，一个不经意，来不及闪避，我们就全沉没了。"

　　我想到了这危险的江心，这可怕的行程；想到我们的船应当靠着岸边，不能再在江心挣扎。我的手战栗着，不安定地把着舵杆。

"水上漂老兄，靠岸走吧，天已经不早了。"

然而，望见老人的双手和全身的运动，我的声音在中间不禁哆嗦了。

"什么？靠岸走？"老人回答着，声音是愤怒的，"你以为这样的水我就爬不上去么？一年三百六十天，一百八十天走流水，一百八十天走慢水，都是走过的。"

我感觉惭愧了。我应当怎样说呢？我，一个十六岁的小伙子，我能够藐视一个六十岁的老人么？我的手能够像他的一样暴露着青筋么？我的手能够像他的那样作出强悍而迅速的运动么？老人似乎是受了侮辱，身体更向前挺，两只如铁一样的手臂也运动得更为沉重了。

水仍然在猛烈地流，哗啦哗啦的响声比以前更为响亮。大江上面，雾更浓了，黑夜垂下了它的厚而重的幕幔，压了下来，几乎使人晕眩。几亩田地般大的旋涡拖带着上游被大水所拆毁的屋子的碎片，猛烈地撞向了船头，发出一阵愤怒的咒诅，又从船底溜了过去，而接着，一阵哗啦哗啦的响声就被遗弃在船后了。

老人没有歌唱，只是无声地用力把着桨，往水里杀下去。浓雾隔住了天上的星斗，遮住了一切的光明。江上，仿佛有无数的黑影在浮动，在互相冲撞，而小船就在这黑影下面，溯着江流而向前奋进了。

我随着水势把舵尾掌着，心中感觉无限的寂寞和恐惧。我想着我正是十六岁，是好的年岁呢。然而，我该是多么怯弱。在我面前把着桨的是一个老年的人，他有着太长的灰白的头发和胡须，他有着因为年老而尖削了的下巴和陷落了的眼睛，然而，他却是强悍而康健的，他的手臂可以举起我的整个单弱的身体，这于他是不会费什么气力的。他是强悍而康健的，他比这逆流着的水还强。他是在挣扎着，在角逐着；他把命运抛到了他所看不见的地方，而完全信赖了他的两只手臂。

我举起一只手臂来，试试我的气力，然而，船一摇晃，我就重新迷失在恐惧之中了。

夜静得可怕，只有逆流碰着船头和老人的双桨挑着流水所发出的空洞的响声。我的心空虚得好像一张白纸；是有谁在白纸上面画出了无数细薄的网、丝，它们将我牢牢地缚住。

老人咳嗽了一声，是预备要提起他那枯嘎的嗓子来骂人了；然而，却并不开口，只是把双桨拼命在水上打着，发出了令人战栗的响声。

是多么单调，多么凄凉，又是多么愤怒，多么不调和的声音啊！

我感觉我的心结成了一个冰块，我感觉我会窒息。我忍不住低声叹息了。

"'唉'什么的，老三？"水上漂沉重地问了。

"没有什么，老兄。"我回答着，心里感觉了一阵惭愧。

"水涡子里面是不许'唉'的，晓得吧？"他的声音是那么沉重，使我不能反抗。我怎么能够反抗呢？我能"唉"么？一个十六岁的小伙子，正是少壮的时候呢。

然而，水是这样急，江是这样宽，而且，夜是这样暗，这样寂寞——我能够怎样呢？我还想要呼啸，但是，我呼啸不出，似乎是有一块石头压在我的胸膛，使我不能喘息。

我轻轻地喊道："水上漂老兄……"

"喊我做什么？"水上漂无精打采地回答。

"唉，没有什么。我请你唱一个歌儿。"

"唱歌儿么？"

"是的，唱一个歌儿，太静了。"

"唱什么歌呢？这样黑，这种雾，他妈的，鬼气！老三，这样的黑夜唱什么歌呀？不用唱了吧，黑夜好行船。"

逆流从船底冲了过去，声音极其响亮，老人把桨打得更密，它们的船是在挣扎之中向着逆水往上爬着了。

我的手战栗着，心上似乎围上了不知多少层细薄的网膜，我不知道怎样把这些可怕的网膜撕去。我想认真地看一看老人的脸面，然而，夜是黑暗的，而且他只是把他的背朝了我，向着前面，永远也不回过头来。

黑夜是沉默的，我想我会在这黑夜之中闷死。我坐在船尾，看着迷蒙中的江流，想到我们是在这激流之中冲闯，向前闯去，闯去，闯到什么地方？一只小船，在这样的江流之上，一老一少，一个苦苦地打着桨，一个战栗地把着舵，向着这逆流往上爬，这到底是为了什么？我想到这江上的生涯，黑夜的航行，与这逆流的斗争，我想到我和我的老船夫的命运——一种忧郁锁住了我，使我禁不住要哭了出来。但是，听着了那年老的同伴，他在前面奋力地打着桨，呼吸着康健的气息，恣恣地斥骂着水太流，我变得惭愧了，我不知道我应当怎样安置我自己。

忽然，一声咳嗽打破了眼前的静寂，我的老同伴是要说话了。

"喂，老三，真的要唱么？"

我感觉如释重负，急忙地回答：

"真的呢，谁开玩笑呢？"

"你要我哭丧似的唱么？在这样的黑夜，唱起歌来多少是有些鬼气的。"

"总比这样静着好吧？老实说，水上漂老兄，再静下去，我真会哭了。"

没有回答，沉默更加紧了。

——只希望有一个歌啊！只希望有谁能开口，就是放声哭，也是好的。

而一种沉郁的原始的歌声就从水上涌出来了：

> "我站在这水边呀，哟哟，
> 我娘儿呀，来哟；
> 抱着了你哟，水里跳呀，
> 今生做不得好夫妻，
> 来生再脱胎呀，哟哟。

> "把你的腰儿抱呀，哟哟，
> 不想跳呀，乖哟；
> 亲个嘴儿哟，望一望呀，
> 你这般俊俏的娘儿，
> 我们搭船逃呀，哟哟。"

不可遏制的苦闷和忧郁罩住了整个的空江。一些原始人的哀愁从那枯嘎的嗓音之中放送了出来，弥漫着，回荡着，形成了许多幻想与阴影，向着我的心头攻击，几乎使我昏迷。那都是一些往古的水上的人，在自然之中挣扎，而且有着不能满足的欲求，以致把生命看轻，而想把自己发送在江流之中；然而，同时又有着对于生命的苦痛的爱恋，而终于决定着要继续这苦闷的生命，在挣扎之中寻求一个处理自己的方法。但是，那声音，由那年老的枯嘎的嗓子里流了出来，那表现着这年老的人该是有了怎样不可以忘怀的记忆。声音震动着，一直钻透了我的心底。

——青春是过去了，跟着青春而来到的是一个老年，而人类就是在这命运之中辗转着的。

我战栗地说道：

"水上漂老兄，这歌里面也有一个故事么？"

"这歌么，是真的事情呢。"他马上就回答了，使我的心感觉了一些儿轻松。

"大约是很凄凉的吧？"

"可不是！给你们年轻人听着了，怕真会哭几场吧。"

一层忧郁网早又套到我的心上了。我不能想象那年老的人，他将说出一个怎样的故事，或者说出一个怎样的结果。船是没有保障的一片落叶，而江流则是狂暴的，人类在这中间能算得什么呢？也许，从远古以来就有苦闷的伴侣们是沉葬在江心之中的吧？眼泪止不住地流下了我的眼角，而浓雾就在这时更密起来了。我以战栗的手掌着舵尾，我的老船夫仍然是拼命地把桨在水上打得啪啪地响。我们都是在黑暗之中，在这黑暗之中向前闯着。

"讲吧，水上漂老兄，我正等着听呢。"我无法隐藏我的声音的颤动。

"忙吗？夜还长得紧呢。明儿天气准热，我们今晚赶一晚夜路，至少要到古龙湾去湾船。你不是要睡么？早呢，半夜还不到……"

我感觉到我受欺侮。我为什么怯弱得要睡呢？我说：

"不是呢，我想你给我讲那故事。唉，你一唱起那歌来，我就想哭呢。"

"哈哈，老三，太没用了！又想哭？年轻轻的，为什么老是想哭呢？你今年十六岁吧？"

"是的，正是十六岁呢。"

"十六岁，正是好年纪呀。怎么天天想着哭呢？十六岁的时候，我还没有到船上来，可是我已经长得现在一般高。我在殷狗三家里做长工，一年十五串钱。那时，他家女儿爱上了我……"

"是的，我听说过的。"

"那时候，我也老爱哭，时常一个人偷着流泪。可是，有什么用？老实说，老三，人总得活，活着就得有点儿活劲，哭哭啼啼，娘儿们一样的，算什么呢？吃两块豆腐，得卖四两气力，哭有什么用？比方说，船打水上走，水要往下流，这有什么办法？任你烧香求神，可能够叫水往上流么？有什么用？我们只能这么撑，这么挣，向上爬呀，爬得一尺算一尺，爬得十尺算一丈，那才是真的。'爬白了胡子爬不上青山灘'，可是多少人不是一年上下几回的么？呃，老三？"

我战栗地听着这头发和胡须都已灰白的老人说着他的言语。我想不出话来回答他。人啊，有的是在水上哆嗦的；而有的，倒比水还强，倒是将斗争当作了生命，而埋葬在斗争之中的。

我苦闷着，如同有火在我的心头燃烧。

"喂，老三，怎么的？在想什么？发呆么？记起了你的妈妈么？妈妈养你一场，不是要你像这样的呀。唉，你妈妈真强。那一年发大水，你妈妈还驾着船到处找你爹爹的尸首呢。你妈妈一生没有哭过，不像你。"

我如同落到一个噩梦里，而那过去十六年的生活，就一幕一幕地显现到我的眼前了。我战栗得不能说话，只觉得热泪如同崩溃了堤防一样从我的眼中涌了出来。

"发愁是没有用的，老三。像你这样的小伙子，一天走得八十里的上水才算对得起自己。发愁有什么用？发愁可以当饭吃？殷狗三的田随便给你种？王财主的米仓随便放给你吃？笑话！"

我的心如同一团乱丝，缠结着，解不开，找不出一个头绪。我感觉我的心中有着无数的骚动，只想高高地呼啸。我感觉我的老同伴的话语，一个一个字都是一个火把，它们燃烧着我的心，使我昏迷。它们燃烧着我，使我感觉这燃烧比这逆流的冲击更为厉害。我感觉我是错活了若干年岁，我只是在黑暗之中苦闷地摸索，然而却从来不曾有过一点光明临到我的眼前，这使我不知道怎样去看周围，也不知道在什么地方去使用我的气力，因而，我是一天比一天变得更怯弱起来了。

"你的话真对呢！"我说了，心中感觉到轻松和愉快，"人活着，就得像我们在这些旋涡里边挣。可不是？"

"正是呀，正是呀！"我的老同伴健壮地呼喊了，使得这黑暗的江上一时爆发了无数的火花，而我的心也在这些火花之中渐渐溶解了。我感觉血液在我的全身骚动，使我禁不住发出愉快的战抖。我一只手拭去了眼角的残泪，不知觉地从口里长长地呼啸了。

小船在黑暗的江心之中向前冲撞，水流得更急，然而，我们的手变得更为健壮。桨迎着逆流急急地拍，声音变得愉快而且和谐。

夜已半了。微微地似乎有风在江上吹拂，而浓雾也在慢慢地稀薄。

船向前挺进着，两个人连咳嗽也没有一声。江的流动与夜的唏嘘在我的心中和谐地合奏，使我感觉愉快。我几乎要发狂了，然而却不能颤动我的身体。江水从船底愤怒地冲了过去，唱出了忧郁与败北的曲子。

"要睡了么？还早呢。"

"不，一点儿也不想睡。"我说着，身体微微地动了一动。

"那么，还是说说话的好吧。太静了，走得不耐烦的。"

"那么，你先说吧。我没有什么说的。"

"我也没有什么说的呢，哈哈！"

船仍然逆着江流向前奋进着。水愤怒地碰击着船头，然而终于败北地逃向了船底。我们努力地撑持着船，听着水声的败北的呜咽，心中感觉到无限的愉快。

"我打从你的头上走哟，你这逆水呀，

我有两只手，两叶桨哟，

拉索的哥儿们呀，莫后悔哟，

等到娘儿们死尽了，再还呀，乡呀！"

歌声由那枯嘎的嗓子里宏壮地发了出来，响彻了整个的江面。我想着，夜怕是会要完了吧，黑暗无论如何是不会久远的。我说："好呀，再唱一个吧，唱得真好呀！把娘胎里的劲儿也拿出来唱吧，一直唱到天明。"

"等到娘儿们死尽了，不还乡呀！"

…………

船上又复沉寂了，只有水在船下败北地流，呜咽地发出了怨声。我们愉快地撑持小船，向前奋进。在熹微的黎明之中，雾在渐渐地消残。一息清鲜的晨风把残余的白雾吹散，我是如同从一个悠长而不可解脱的噩梦之中醒来了。我把着舵，在船尾站了起来，深深地呼了一口气。我想唱一个歌，然而记不起一首最合适的歌曲。船在向前推进着，桨声啪啪地响，船在向着逆水跑，跑，把一切的渣滓都遗弃在后面了。

"等到娘儿们死尽了呀，也不还乡呀！"

…………

船在向着逆水猛力地跑，水在船脚下败北地流了去。两边望不见岸际，前后望不见湾角，只有上流打下了几丛翠绿的芦苇，依着在我们的船边。

"我们要打从你的头上跑哟，你这逆水呀！"
…………

老人没有咳嗽，只有桨在水上啪啪地打，发出愉快而和谐的响声。
——我们与一切皆在微明之中前进了。

一九三五年一月改作
选自 1992 年百花版《丽尼散文选集》

迟　暮

　　细雨如同游丝和网膜，我们的心是给牵挂住了。肩着重负，我们的脚步无奈何地移动在密林之中；路潮湿而且泥泞，有冷汗渗透了我们的头额。

　　因为这艰难而犹豫的旅途，我们沉默了。

　　我们能发出一句鼓励的言语么，像往日一样地？我们还能说出"勇敢一点"么，像往日一样地？

　　我们曾经说过"勇敢一点吧，有一天我们会越过这浓密的森林，而达到彼方的平坦的路"，然而，如今，我们是只能拖着我们的沉倦的腿，而作着绝望的休歇了。

　　是的，我们为什么不能忍耐呢？然而，当"勇敢"变作了"忍耐"的时候，我知道我们的年岁就会加增，而路途对于我们也将变得更为狭隘了。如此，我们惟有在忍耐之下将日子从今天推到明天。

　　林路是多障碍的，横枝刺破了我们的面颊，使我们改变了形象。我们将以这含羞的破碎的脸面去瞧见什么呢？

　　日子变成忧郁的了！只有细雨霏霏地落在我们的眼角，使我们不能把雨滴和我们的眼泪分辨出来。然而，我们！我们难道还能落泪，像往日一样么？

　　负担会加重了来，我们的背脊将变为麻木，终有一日，没有什么会使他们感觉到鞭挞之苦楚的了。

　　天已暮矣！无休止的雨点击着枝头的败叶，森林变得可怖起来了。

　　然而，且慢！我们难道还是害怕着迟暮如同害怕着死亡的人么？

选自 1992 年百花版《丽尼散文选集》

给——

我们束装前行，
但逡巡而不能前进。

记一记罢，我们曾做过怎样的梦。记起少年之日的梦境，一个人往往是若有所失而感觉惆怅了。我记得在某一处地方，我们都曾爱过那里的秋之傍晚。田野是无际的，而我们底脚步却是那样轻，正如行在一个梦里。看着远天的晚霞，也看着身边的玉蜀黍底尖叶，我们觉得我们自己还有着覆舟之后的幸福。晚霞是绚烂的，而玉蜀黍底梗子则比我们自己底身体更长。我们行走在植着野艾的田界上面，有如无家的漂泊者，然而，我们有着我们底梦。

覆舟之后，会出现太阳的吧？从黑暗的夜，我们想着一个光明的晴空。在我们底身体里，有些困乏，有些旅人底劳倦，而在我们底心里，则有些热，也许有些火焰。你拖拽着受伤的足踝，你底步履是那样艰难。我说，"上前一步么？"你说："我想我应当休息了。"

我想起了那覆舟之日，和人们在那日子所尝味的凄惨，于是，我说道："我有了一个梦。"

"你梦见了什么？"你问。

我回答道："我梦见我们走到了更远更远的地方。"

于是，你抖擞起来，加紧了你底艰难的脚步。

我也记得有一处小桥，那是我们时常休息的地方。在月光下面，我们时常坐在桥边。溪流没有潺潺的响声，只是潮水却在午夜的时候涨到岸边来了。溪流不是湍急的，它是那样平静，在月光下面，望着平静的溪流，我失神了。我没有主意，有如失落在一个梦里。

然而你却打破了沉默，首先说道："我有了一个梦。"

"是梦见潮水涨了起来，洗着你底受伤的足踝么？"我说。

"不是的，"你说，"我梦见风和暴雨。"

我沉默着，不知应当给你怎样的回答。

（我们束装前行，
但逡巡而不能前进。）

我们是漂泊者，从天涯和地角而来。我们没有根基，却往往浮在浅浪上面。我们避难在安全的海港，有如螃蟹隐身于稳固的盘石下面。然而盘石不属于我们，我们将随海波漂逐而去。我们远望着捕鱼人底灯火，以为那是灯塔；我们也望着灯塔发出光明，却惧怕着那是渔人所下的绳网。

"一只船翻了。"我告诉你。

"唔，那是第二次的覆舟。"你回答说。

我们于是前行，然而，我们继续漂泊。有时，我们沉在浪底；有时，我们浮在浪头。当海风急厉地呼啸着的时候，我们在那呼啸之中加入了我们底微小的呼喊或者低弱的叹息；当海波平静，我们栖息于山崖或岸边，我们则有着另一些遥远的梦。

"上前一步么？"我说。

你却说道："我想我应当休息了。"

在岁暮天寒的时候，接到你所寄来的消息了，是从那温暖的南方之海滨。你告诉了给我那边的冬天——是温暖的冬天啊！我想告诉你，在我们底记忆里，曾有着无数的秋天。

我记了起来，在一个秋夜，曾有月亮，我们坐在郊野的铁轨上面，看着月亮已经圆了，因而惹起了漂泊者底乡思。郊野是静寂的，在月光下面，小的火车站只是显现着一盏微弱的灯，有如一只疲倦的眼睛。

"我们是漂泊者呢。"我说。

"我们是无根的浮萍。"你回答说。你底哀愁更深。

于是，在我们底心里，我们交织了一个梦——我们好像立时获得了一个归宿，将自己置身于万人底身边，而感觉了热血底流涌。在我们底眼中有了光辉，从我们底声音里说出了坚决。我们不再是漂泊者了，我们是有了根基的人。

而我们就束装就道，准备去到我们应去的地方了。我们没有忧愁，也无有疑惑；然而，我们底脚步却欺骗了我们，它们仍然留在原来的地方。

你应当告诉我："难道不听见枪弹从耳边呼啸而过么？难道不记得在争斗里求活的约言么？"

我应当告诉你："风已经起了，风暴是在高潮的时候。"

然而，你却告诉我说："请为我再讲一次阿布洛摩夫底故事罢；为了我，因为，我疲倦了。"

可是，我却要告诉你："我们底朋友们已经到塞北去了，在那里，春天会到得很迟，而如今，则正是隆冬。"

一九三七年二月
选自《文丛》第一卷第一期

散文诗五首

云

望着云，于是，我沉默了。我有了一个思想。人们哀悼着生活如同浮云，但是，有的人却是在生活中思念着天边的云块的。

我记得（自从我有了记忆的时候起）母亲曾经怎样望着天边的云，而不自知地发着呆。母亲是怎样慈祥的妇人啊！——没有希求，没有欲望，如果有，那就只有一个：

当父亲蹙着眉，穿着破旧的坎肩在茅屋底灰暗的一角里踱着步的时候，母亲就老是焦急地说道："您，您别那么来回踱着罢，您底脚步踏到人底心坎儿里去了！"

——那声音，从茅屋底另一灰暗的角落里发了出来，每一回都使我年幼的心感觉战栗。那声音说出了母亲所有的希求和所有欲望。

生活是灰暗的。母亲晃着自己底灰色的影子，在灰色的茅屋里，在灰色的村道上，在灰色的田野中。她希望着，这生活应当有一些改变。

因此，母亲就时常呆望着天边的云块了。云块在天边游荡着；天，是广阔的，是辽远的。

在田野里，母亲爱时常停止下来。在棉丛里，或者在大豆丛里，抬起头来，以定注的眼睛，凝望着天边的云块。于是，父亲也停止下来，卸去了外褂，露出坎肩来，而他底脚步，就不知不觉地又在田界上面踱着了。

田野是灰色的，云是灰色的，父亲也是灰色的。

"唉……您歇歇罢。"父亲终于这样说了。

而母亲却像这样无言地回答，于是，再一次地弯身下去，将白色的棉朵或者黄色的豆荚，摘向自己腰边的筐里。

母亲底头发如今已经白了；当她望着天际的云块发呆的时候，再不会有人劝劝她歇歇。她是会更寂寞的。

"你望着什么？"某一天，我问一个年轻的妇人。
"我望天边的云块……"她似乎是惭愧地回答。
"云？"我再问她。
"是的，"她点点头，"它们会飞。"
于是，我沉默了。

漂泊者

"漂泊者，你是浮在海上的？"
"啊，不，我是旅行在沙漠里。"
天是那么平静、温和，然而，在漂泊者底心上，却引起沙漠似的感觉来了。我怕有一个人来提醒我说："唉唉，你是漂泊了这么许久。"
想着那要渡过瀚海的驼群将如何忍受深夜突来的寒冷？或者，当朔风卷起狂涛，沙砾对于生命将作着无情的掩埋的时候……
在荒漠里，是难得找到一个避难处的啊！
我们负着重载，从东到西；我们心中怀着期待、热忱和恐怖；
我怕有一个人来提醒我说："唉唉，你是被折磨得快毁了啊！"

我们不曾害怕过异地，我们不曾怀过乡思。（我们可曾像这样问过："家乡何处？"）
我怕有一个人来问我："唉唉，漂泊者，你是在走向哪里去？"

老　人

我看见你，老人，在远远的地方。你负着你底行囊，你底脚步是那样踉跄，你底背有一些伛偻，你底身体是那么瘦。
"老人，你为什么不用一根拐杖？"
"啊，我底腿子还有着它底力量。"

我看见你，老人，在远远的地方。你负着你底行囊，你底眼睛向着前途展望。你咬紧牙，不曾喘息，你也不曾叹过一次气。

"老人，你有什么在你底背囊？"

"啊，在我底背囊里是后辈底食粮。"

同　伴

昏夜，我独自行走在荒野。夜风在呜咽地吹，使我感觉着沮丧和寂寞。抬起头来，我记不清我是从什么地方来，也不知道是在走向什么地方去。

我望向天盖，天盖是如铅般重。我听着风，风是在说着咒诅。

"是咒诅么？"我停下脚步，战栗地想了，"那么，但愿那咒诅是更大的。"

愿更大的咒诅使我底心生出更大的警惕，它将使我底脚步移动得更快。然而，我希望它将使我底脚步移动得更坚决。

没有星，也没有月，荒野里没有路，却只有荆棘；风会吹来得更紧，黑暗将更深了。

啊，脚步，请你不要战栗罢，因为你是在向着前途行走。我愿意你会告诉我："我已无有恐惧……"

请不要问我："我们是走向什么地方去？"因为我将告诉你，"我们是行走在荒野里——我们是在走向更深的黑暗。"

脚步底声音寞寂地响着了——

它似乎说着："我们需要同伴。"

牧羊女

山寺的晚钟从山顶坠到了山谷，而牧羊女就感觉着悲哀了。

她想说，"春天已经过去，青春已经过去……"

然而，她却说了："山里不会再有行人了。"

山，是熟识的呢：夕阳的彩霞铺满了山麓和树林，晚风吹着林叶——而羊群颈上的铃子，也奏着寂寞的音乐了。

牧羊女以沉思的眼睛注视了黄昏。

"我怕这荒山……"她想说；然而，她却更怕那对山会传来空漠的回响。

一九三七年三月抄
选自《文丛》第一卷第二期

散文四篇

村

从远方，我记忆着故乡的村。我如同被扔出了池塘的鱼，在枯燥的土地上，快要干涸死了。

因此，我记忆着村前的小岗和岗下的泉水。

村头的柏树不知道还是照样矗立着否？父亲底坟上，年轻的柏树们应当可以给年轻的人们一些荫庇了吧？

（父亲有着慈祥而又严厉的脸面。）

年轻的人们会长成了，在痛苦和灾难里长成起来。他们是不是如同在孩童时代一样地善于嬉戏呢？抑或是变得善于忧郁？

（我记得，后山的松涛，从来就是忧郁的。）

我想记一记在痛苦和灾难里的故乡的村。我想这样给妹妹写道：

"三妹子，叫冬狗儿给我带个信来，给我知道你们两口子出外了几年。

"也给我知道黄嫂是不是还活着，也给我知道她底跛了腿的小儿子如今能不能勉强卖工。（可怜，她底大儿子是死得太惨啊！）

"义伯爷还在么？我只知道他自从那年吃大户出去就没有回来。还有茂子和春姑？他们是可怜的一对。

"三妹子，你如今有几个孩子？（你可记得，在那一年，就是怀了胎的女人也免不了把肚子给人划开的啊！）"

我不能写，我不知道把我底消息寄到什么地方去。我只能从远方寄出我底乡思，用这样的话语：

"故乡的村，愿你不曾变成一片瓦砾，或者夷成了平地……"

一九三七年四月

囚　笼

"囚人在半夜里醒来，忽然看见囚笼变成了有和煦的阳光和新鲜的空气的世界。他揉了揉自己底眼睛，看见在空际挂着有一盏昏黄的灯。想一想，是灯呢，或者是太阳？然而，在想着的时候，却发现有一大半的好年头已经过去了。

"我应当回到世界里去。"他自语着，但是，他感觉自己缺少着气力。于是，他颓然躺下，继续着他底昏倦而苦恼的睡眠了。

"另一次，他再醒来了，他猛然从潮湿的地上爬起，他挣扎着，睁大着他底眼睛，想从黑夜里透视过那永远也得有尽止的黑暗，去看见黎明底光彩的影子。然而，他跌倒了，因为他已经是五十岁的人了。"

"祖父，你为什么给我讲这么可怕的故事呢？"孩子啼哭了。

"因为，"祖父回答说，"因为我没有更好的故事。"

一九三七年四月

魔　法

几年来，不知为了一种怎样的心情，我爱独自来到这条小径上，它令我如同着了魔。我迷惘着，但是没有一次我曾有过什么期望。我如同一个待迷惑的人，只是将自己投到术士底手里。小径是荒凉的，没有行人，只在薄暮的时候，当暮霭沉了下来，这里就出现着几条野狗，它们总是拖着尾巴，低着头，异常沉默，也不互相追逐。它们用那低垂的、发着幽灵般惨淡的光的眼睛，间或瞥我一眼，令我感觉着愉快。

那是怎样的眼睛啊，寂寞的、智慧的眼睛。

我在小径上徘徊着。我没有思想，也不能听见任何声音。我底狗们是那么沉默，它们底脚步照例是那么轻，而它们底头，也照例是那么低垂。

"吠一吠罢。"我轻轻地说。我感觉有点恐怖。这经年累月的寂灭是可怕的，可咒诅的。我抬起头来，看一看这条狭的小径。在径路底两旁，壁立着藩篱，不知道由什么所造成的藩篱。狗们，分散着，以三步或五步的距离，一个一个地蹲在径路正中，低垂着头，或者拖着血红的舌头。

我抖了一抖，觉得从心底里有一个大的咒诅是在生长着了。

"为什么还不毁灭呢？你是选择了这世界底最可咒诅的一角！"

狗没有发出吠声，它们只是把血红的舌头缩进了口里，而那些可憎的口，是更紧更紧地锁着了。它们底眼睛表现着凶恶和残忍，没有智慧。我恐惧地扪住我底头，蒙了我底眼睛。好像是，我是落到一个无底的深渊里去了；我沉落着，沉落着，而且，那沉落是一个大的咒诅，它是那么静寂，没有一点声音。

我不能说"这是沉向什么地方"。

我也不能问"这就是沉向了死亡么"。

夜晚要来了，我这样意识着。我知道我将被遗留在黑暗里。我感觉有冰冷的鼻子来触着我底耳朵，也有毛尾巴来扫着我底脸面。

一九三七年五月

诘问者

我将怎样回答你底诘问呢？因为，你是那么刚强，而我，则如你所知道的，我是这么软弱。我底回答将使你愤怒，因为，你是不耐于那纤细的自己剖解的。那么，我将告诉你什么呢？我只有告诉你说："呜，我和你，并不陌生。"

是的，并不陌生的。每一个清晨，当我从苦恼的梦里醒来，我看见你；每一个夜晚，当我在灯下伏案冥思，我听见你底脚步倔强地向我走来。

我不忍说你使我苦恼，你使我感觉到衷心的羞耻；我也不能说你使我感觉到骄傲，使我相信我还活着。

诘问者，我只能告诉你，我和你，并不陌生。（然而，在你底脸上，你是有着如何轻蔑的表情啊！）

一九三七年五月
选自《文丛》第一卷第四期

江南的记忆

虽然不是从那土地上生长出来的孩子，然而，我是这样深地记忆着那土地。

我底记忆是深沉的。

我记忆着那丰饶的、和平的土地。我记得，从幼小的时候，我就知道那里是丰饶而和平的土地。人们告诉我：

"湖的沿岸，是丰饶而和平的土地，从古以来。那里是出名地出产着丝、茶、鱼和米；人民是那么和平，有些人，在他们一整生也不曾听见过枪声。"

真的，湖水是那么温柔，永远只是私语着无穷尽的温柔的故事。大地总是静寂，人们耕作着，从祖父底时代起，在同样的田地。

没有枪声曾经打破过这里的沉寂。

然而，强盗们用火与炮侵略到家园里来了，连湖水也从湖面翻腾着，直到湖底。

屠杀和奸淫！（多少的青年遭了杀害，多少的女人蒙了羞耻啊！）

我记忆着那土地。我记得，在一次夜行车上，我曾经一手搂着发热的孩子，用另一只手在一个小小的本子上，握着短短的铅笔，兴奋而又惭愧地，借着月光，写下了几个大字：

"江南，美丽的土地，我们底！"

夜是静的，湖是静的，整个的大地，也是静寂着的。

我记得有乳白色的月光映照着湖水，远山则笼罩在乳白色的雾里。

湖是否仍然静着呢？许多的茅舍、许多的竹篱，是否仍然静着呢？是否仍有年轻的姑娘引导着羊群休息在祖宗的坟园里，或者小孩子们赤裸着身体，站在湖边，望着渔船归自天际？

不能记忆了！然而，我底记忆是深沉的。

我记忆着那个夜晚，在朦胧的星光之下，有母亲疯狂地撕扯着自己底头发，为着不知失落到什么地方去了的孩子，她用嘶哑的喉咙大声喊叫，并且哭泣。

怀着身孕的妇人是悲惨的：忍受着痛苦，驮着重负，被挤在人丛里。

老祖母流下眼泪来了：

"在竹林掩蔽着的坟园里躺着的——老公公，庇护着儿孙们罢。让他们一个一个大起来，让他们全都强壮。别教他们无病无灾就给别人杀死，如同可怜的山羊。他们全走了，可是他们会回来的。他们会回来，从山里，回到故乡的湖边，用这湖里的水，来祭奠你。"

老祖母底悲哀是深沉的。

几十年，从祖父的时代起，就何曾听见过枪声？只要湖里和山里仍然产着鱼和茶，田里和地里依然产着丝和米，我们总不少一碗饭吃。虽然这一切的财富不全是属于自己，然而——

"我们不能跟别人争夺，我们靠着老天爷给我们一碗饭吃。"

没有怨恨，也没有妒嫉。"所有这些，算什么呢？"生活原来是卑微的，那么，就卑微地生活着罢，在地母底怀抱里。

一代一代地过着，不记得是谁来谁去，照样完着粮，纳着租税，照样得着老天爷底恩赐，卑微地活着，从生到死。

到处都是茅舍和竹篱，河湖港汊，将一切的地方连在一起。这里，连狗子也不会对异乡人发吠的。

"异乡人么？难道是强盗，是仇敌？"

"怕什么呢？天上一颗星，地下一个人。生死有命！管他是什么罢，完粮纳税，难道还有不让活着的么？是老百姓啊，是良民，又不是别的什么的。"

然而，就是不让活着！

杀戮和奸淫（年轻的男子和妇人，在整个湖畔是早已绝迹了）。

离别了，遍地的翠绿和金黄，

离别了，故园，家乡；

离别了，竹林里的祖先底坟场，

离别了，水色，湖光。

老祖母底悲哀是深沉的。

"难道就不能再看见了么？难道儿孙们就不能再回来么？难道连一个葬身之处也会没有，永远漂浮着，如同浮萍，在陌生的地方？"

羊群也都垂头悲哀了，风吹过了无人烟的荒场。

湖水说的是什么呢？说的是世世代代的仇恨和悲伤。

我记忆着我那土地，虽然我不是从那土地生长起来的儿子。我底记忆是深沉的。

我永远不能忘记，在那一天，当我拿起了新闻纸，含着眼泪，止不住兴奋和欢喜，读了这样的消息：

江南，我们底！

丰饶的、和平的土地。（自古以来，在那里出产着丝、茶和鱼、米。）

那里的人民是那么和平，有的人，有五十年不曾听见过枪声。

但是，现在，为了民族，为了自己。

他们，一个一个地，在他们底手里，拿起了自己的武器。

他们勇敢地参加了战争着的集团。

在每一个江南的角落里，打游击！

一九三八年十二月

选自《文丛》第二卷合订本